btb
Aus Freude am Lesen

btb

Walter Kempowski
DIE DEUTSCHE CHRONIK VI

Walter Kempowski

Haben Sie davon gewußt?

Deutsche Antworten

Nachwort von
Eugen Kogon

btb

Umwelthinweis:
Alle bedruckten Materialien dieses Taschenbuches
sind chlorfrei und umweltschonend.

btb Taschenbücher erscheinen im Goldmann Verlag,
einem Unternehmen der Verlagsgruppe Bertelsmann.

1. Auflage
Genehmigte Taschenbuchausgabe April 1999

Umschlaggestaltung: Design Team München
KR · Herstellung: Augustin Wiesbeck
Made in Germany
ISBN 3-442-72541-0

Vorwort

»Das haben wir nicht gewußt« – diese Antwort kriegten viele Ausländer nach dem Krieg in Deutschland zu hören. Sie wurde typisch für die Ohne-mich-Einstellung, mit der man sich 1945 der Verantwortung für die Nazi-Verbrechen zu entziehen suchte: Mich hat immer interessiert, ob die Deutschen tatsächlich so unbegreiflich uninformiert gewesen sind oder ob diese Antwort eher als eine trotzige Abwehr zu verstehen ist, mit der meine Landsleute ihre Betroffenheit verbargen.

Ich habe dann also, um Genaueres zu erfahren, vielen Menschen diese Schlüsselfrage gestellt: »Haben Sie davon gewußt?«, und ich war überrascht von der Freimütigkeit, mit der die Frage bejaht wurde. Vielleicht lag es an der uninquisitorischen Art, in der ich fragte, vielleicht haben die Deutschen aber auch inzwischen den Ungeheuerlichkeiten gegenüber zu einer anderen Einstellung gefunden. Ich habe die sprichwörtlich gewordene Antwort »Davon haben wir nichts gewußt« jedenfalls äußerst selten zu hören bekommen. Fast jeder Befragte sagte allerdings gleich erst einmal: »Nein!« Und dieses »Nein!« sollte wohl bedeuten: Ich will nichts damit zu tun haben. Nach diesem ersten schroffen Nein gab man mir dann aber freimütig das preis, was man sich in einer immer wieder notwendig vollbrachten Denkarbeit zum Abruf zurechtgelegt hatte.

Es stimmt schon, wir wissen heute alles über die KZs der Nazis, die Literatur ist unübersehbar. Wenn ich mich dennoch entschloß, die Aussagen zu veröffentlichen, so tat ich es einerseits, um die Erinnerungen an meine eigne achtjährige Zuchthauszeit in Bautzen – beschrieben in den Büchern IM BLOCK und EIN KAPITEL FÜR SICH – gebührend zu relativieren. Andererseits dachte ich mir, wenn diese Bilder, die unsere Mitmenschen noch immer mit sich herumtragen, diese schattenhaften Eindrücke, nicht aufgeschrieben und aufgehoben werden, dann ist das Leiden all der vielen Opfer noch sinnloser, als es ohnehin schon war. Aufgeschrieben und nach Hause getragen, kann wenigstens noch das Echo der Schrecken vernommen werden, es kann zur Schärfung unseres Gewissens dienen.

Der Leser sollte von der Lektüre dieser etwa 300 Antworten, die übrigens nur eine Auswahl aus meinen Aufzeichnungen sind, kein demoskopisch exaktes, repräsentatives Ergebnis erwarten. Ähnlich wie in meinem Buch HABEN SIE HITLER GESEHEN? – das in gewisser Weise als ein Pendant zu dieser Sammlung gelten kann – hat er aber die Möglichkeit, mit einer Sonde sich Zugang zu verschaffen zum gegenwärtigen Bewußtseinsstand unseres Volkes.
Dem Leser meiner Romane, dieser »deutschen Chronik«, wird durch die »Befragungsbücher«, wie man sie nennen könnte, eine allgemeinere, ja chorische Begleitung und Erklärung an die Hand gegeben. Mag er die Romane für zu privat oder die »Befragungsbücher« für zu allgemein halten: In der Gegenüberstellung beider liegt die Wahrheit verborgen, ist die Antwort zu suchen auf die Frage: Wie konnte es geschehen?

Zum Schluß noch eine Bemerkung. Mir widerstrebte es, bei der Anordnung der vielen Antworten dramatische Prinzipien walten zu lassen. Ich wollte diese meistens in tiefem

Ernst abgegebenen Antworten nicht durch eine zyklische Struktur künstlich zurichten. Am angemessensten erschien es mir, die Antworten chronologisch zu reihen, also nach dem Datum, da die Befragten für die jeweilige Erinnerung annahmen oder angaben, wobei sie sich allerdings zuweilen irrten. Ganz von selbst ergab es sich freilich, daß ich, ohne dieses Prinzip zu verlassen, Zusammengehöriges zusammenstellte.
Die der Berufsangabe folgende Jahreszahl nennt den Jahrgang des Befragten.

Walter Kempowski

1.

Nein, ich nicht; nee.

Kaufmann 1928

Ob ich von KZ gehört hab'? Eigentlich weniger.

Bäcker 1917

Ich bin in einer Kleinstadt groß geworden. Ich kannte keine Juden. Wir haben mal eine Jüdin hier am Haus gehabt, die war aber lange tot, als das mit den Juden losging, das war 'ne alte Frau.
Und sonst haben wir Umgang mit Juden gar nicht gehabt.

Hausfrau 1898

Nein. Selbst durch Mundpropaganda nicht, ehrlich nicht. Da war ja jeder vorsichtig. Wenn's wirklich jemand erfahren hätte, der hätte sich gehütet, das weiterzuerzählen.

Hausfrau 1896

Gehört kaum. Bei uns in Wilhelmshaven gab's kaum Juden, die waren ganz schnell verschwunden.
Von KZ hab' ich auf Ehre nichts gewußt.

Mann 1897

Das Wort »Konzentrationslager« ist mir nur im Geschichtsunterricht begegnet, und zwar im Zusammenhang mit den Buren.

Frau 1931

Was die Russen gemacht haben? – Die Nazis? – Nein. Ich bin bei der Marine gewesen, ich hab' davon nix gemerkt und erfahren.

Vertreter 1921

Ich nehme es den Leuten ab, die in Kleinstädten gewohnt haben, den Krieg über, daß sie nichts gewußt haben; den Nazis sowieso, weil die nichts wissen wollten.

Lebensmittelhändler 1912

Wollen Sie auch die Behauptung von Kiesinger hören, daß er nichts gewußt hat?

Fahrer

Merkwürdig, daß uns das Ausland das nicht abnehmen will, daß wir nichts von den Vergasungen gewußt haben. Wahrscheinlich ist es in Rußland jetzt genauso oder doch so ähnlich. Jede Diktatur hat das wohl als Staatsgeheimnis, daß da Leute eingesperrt werden.

Dozent 1931

Mir ist es unverständlich, daß die ältere Generation heute immer wieder sagt, sie hätte von all diesen Geschehnissen nichts gewußt. Jeder Bürger wußte zumindest während des Krieges: wenn einer nicht spurte im Sinne der Partei, dann mußte er verschwinden und wohin, das war bestimmt jedem bekannt.

Landwirt

Nö, hab' ich nichts von gewußt. Kann ich mir auch gar nicht vorstellen, daß ein Mensch wie Hitler, der doch wirklich kinderlieb war, der sich so mit der Jugend abgegeben hat, daß das so gewesen sein soll, kann ich mir einfach nicht vorstellen, das ist ein Ding der Unmöglichkeit.

Hausfrau 1905

Schon, daß man sich vor dem bösen Nachbarn fürchtete, vor den Leuten, die einem nicht grün waren, daß man also die Klappe gehalten hat, wenn einer mit'm Ochsenauge in die Nähe kam, das spricht doch dafür, daß man etwas von der Ungesetzlichkeit geahnt hat.

Kaufmann 1931

»Der bespitzelte Spitzel bespitzelt den bespitzelten Spitzel«, so sagt man heute in der DDR, und das gilt natürlich genauso für die Nazi-Zeit.

Lagerist 1918

Ich war als angehender Mediziner in einer Studentenkompanie, und diese Leute galten damals als leicht unzuverlässig, weil sie immer ein bißchen kontra waren. Wir haben uns in kleinem Kreis zusammengefunden, weil wir kontra waren, aber auf KZ ist nie das Gespräch gekommen. Von KZ haben wir nie etwas gehört.

Internist 1920

Ich muß Ihnen wirklich sagen, die Bilder verschieben sich. Man hat nach dem Krieg so viel gehört und gesehen, daß ich wirklich nicht mehr weiß: Was hast du nun selbst gesehen, mit eigenen Augen?

Redakteur 1921

Ich hab' erst in der Gefangenschaft davon gehört. Sonst nur Anfang des Krieges. Eine Bekannte meiner Mutter war Jüdin, die hatte große Angst, daß sie »verlegt« werden würde.

Bauer 1926

Man wußte, daß die Juden weg sind, aber daß es so etwas wie Vernichtungslager gegeben hat – nein.
In der Gefangenschaft hat man's dann zum erstenmal gehört!

Ingenieur 1924

Nie. Ich wußte nur, daß ein Onkel von uns dort gestorben ist. Am Ende des Krieges hab' ich das erfahren.

Steuerberater 1930

Konzentrationslager? Wissen Sie, mein Schwiegervater war Jurist. Ich hatte ein ganz anderes Koordinatensystem.

Hotelier 1918

Ich würde sagen: Alle haben was gewußt. Aber was sich tatsächlich abgespielt hat, das hab' ich bis nach Kriegsschluß nicht für möglich gehalten.

Physiker 1926

Wir wußten davon, aber nicht speziell was und wo.

Hausfrau 1923

Man hat gedacht, da werden irgendwo Menschen gefangengehalten, zu Unrecht gefangengehalten, aber was Genaueres hat man nicht gewußt.

Technischer Zeichner 1922

Daß sie in Arbeitslager kamen, das hat man gewußt, aber daß sie getötet wurden, hat man nicht gewußt. Das war ja ein Schock, als man das das erste Mal hörte.
Viele haben's wohl auch gar nicht wissen wollen. Haben's weggeschoben von sich.

Polizeibeamter 1924

Nee. An so was Schreckliches habe ich überhaupt nie geglaubt. So was Schreckliches mag ich gar nicht im Gedächtnis behalten.

Postbeamtin 1894

Nein. – Im Betrieb gab es Andeutungen, daß da Leute aus dem KZ sind. Flugzeugindustrie. Aber realisiert habe ich das nicht.

Verwaltungsangestellte 1926

Mir war vieles – ich kann nicht sagen »klar«, aber daß vieles schlimm war, das hab' ich geahnt.

Bankbeamter 1910

Im Krieg wurde von der Judenvernichtung gesprochen, worauf man sich sagte: Gott, erzählen können sie einem viel. – Im Ersten Weltkrieg wurde uns ja auch vorgeworfen, wir würden die Toten in die Seifenfabrik tun und irgend so etwas . . . Die Engländer haben ja in dieser Beziehung damals enorm viel Dinge in die Welt gesetzt. Wir konnten in der Gefangenschaft Zeitung lesen (1917), und was da in der Daily Mail drin stand, das war haarsträubend. Die behämmerten ihre Leser fortlaufend mit solchen Greuelgeschichten, und wir wußten ja nun aus eigener Erfahrung, daß das alles nicht stimmte. Und diese Erfahrung führte dazu, daß man im Zweiten Weltkrieg sagte: »Na ja, Gott, behaupten können die viel . . . das haben die aus ausländischen Sendern, da wird ja nicht viel dran sein.« So ungefähr hat man sich selbst beruhigt.

Chemiker 1897

Daß Leute vergast wurden, das hörte man, aber das hielt ich für Feindpropaganda, so wie im Ersten Weltkrieg die abgehackten Hände.

Kapitän 1894

»To whom it may concern«, nicht wahr?

Jurist 1930

Ich schäme mich heute noch für meine politische Dummheit damals.

Kaufmann 1923

Als Soldaten sagten wir: »Laßt uns erst mal siegen, dann werden wir schon damit fertig werden.«

Klempnermeister 1924

»Ihr Deutschen seid doch Masochisten«, hat ein tschechischer Professor gesagt, ». . . daß sich die Deutschen immer noch an die Brust schlagen . . .«

Zoologe 1927

Ich habe einen Vortrag gehalten vor Amerikanern, die Deutschland kennenlernen wollten, und da bin ich auf die KZ-Lager zu sprechen gekommen, und da haben die gesagt, davon wollen wir nun nichts mehr hören.

Jurist 1927

2.

Es fing damit an, wie's in jeder Diktatur ist, daß Andersdenkende aus dem Verkehr gezogen werden. Das ging gleich 1933 los.

Komparse 1903

Obgleich ich am 30. Januar 1933 erst 12 Jahre alt war, habe ich diese Ereignisse noch sehr gut in Erinnerung, da ich als Kind einer politischen Jugendgruppe (Rote Falken) angehörte. Ich sehe noch heute vor meinen Augen, wie einen Tag danach die SA-Führer in unserm Dorf Jagd auf Kommunisten und Reichsbannerführer machten. Die Personen, die in den SA-Wagen mit Karabinern bewaffnet saßen, leben zum Teil heute noch in unserem Dorf und tun so, als wären sie die treuesten Demokraten gewesen. Die mir bekannten Männer, die in diesen Tagen abgeholt wurden, kamen teils nach Ahrensbök in die Flachsröste, wo die SA ein behelfsmäßiges Lager errichtet hatte, oder teilweise nach Bad Schwartau in das damals noch vorhandene Gerichtsgefängnis. Die meisten kamen nach einigen Monaten wieder zu ihren Familien. Einer ist jedoch nie wiedergekommen.

Ingenieur 1921

1933. Ich erinnere mich noch daran, wie die Kommunisten und Nazis zum erstenmal nach der »Machtübernahme« zusammenstießen, direkt vor unserm Haus. Die Kommunisten wurden dann mit einem Lastwagen abtransportiert, auf dem waren so Gitter drauf.

Hausfrau 1919

Schon vom ersten Tage an hatte man in Hamburg einen Keller, in den man die Leute eingesperrt hat, im Stadthaus war das, was da heute drin ist, weiß ich nicht. Die Leute wurden dort furchtbar zusammengeschlagen. Ich weiß das von einem Nachbarn, der hatte einen Kolonialwarenladen, der war Sozialist und wurde sehr verfolgt, weil er das Dritte Reich entsprechend bekämpft hatte. Dieser Nachbar war auch abtransportiert worden und kam völlig zerschlagen wieder. Der fürchtete dauernd, daß er noch einmal abgeholt werden würde, denn er wurde oft des Nachts angerufen, ist aber nie ans Telefon gegangen. Der lebte in einer ständigen Furcht.

Kaufmann 1898

Genauso wie man gewußt hat, daß es Haftanstalten oder Zuchthäuser gibt, so hat man auch von den KZ gewußt. Daß es politisch Andersdenkende waren, die man da hinbrachte und angeblich zu anständig denkenden Menschen erziehen wollte, das wurde gesagt. Als der Umsturz kam, haben die SPD-Leute für ihre Freunde, die im KZ saßen, gesammelt. Und wenn das herauskam, kamen die Betreffenden auch hinter Schloß und Riegel. Und so ist es einem Nachbarssohn ergangen, der war bei den Gaswerken beschäftigt, und der ist grausam geschlagen worden. – Diese Leute mußten nachher einen Revers unterschreiben, daß ihnen nichts geschehen ist und daß man sie anständig behandelt hätte.

Mann 1909

Wir hatten einen Setzer in unserer Druckerei, der war Sozialist und hatte sich vor der Machtergreifung öfter mit den Nazis gekeilt.
Nun waren die Nazis ja an der Macht, und da haben sie dem Mann dauernd gedroht, und unserm Chef haben sie auch gedroht: »Haben Sie den noch immer nicht entlassen? Es könnte Ihnen schlecht bekommen, wenn Sie den nicht entlassen . . .«
Leider ist es ja so, daß viele Landsleute allzu übereifrig waren. Mancher hatte auch Angst vor dem, was kommen würde, und gab eben schnell klein bei.

Drucker 1893

Ein Klempner, der bei uns ins Haus kam, wurde verhaftet. Das war furchtbar aufregend, KPD, Kleinstadt. Unheimlich war das.

Kaufmann 1922

Ich war auf einer Werft beschäftigt. An der Kaje, dicht vorm Tor, lag ein ausgedientes Minensuchboot. Es diente nun als Heim einer SA-Gruppe. Oft hielt dort der Polizeigefangenenwagen, er brachte politisch Verdächtige, die damals aufgrund eines Göring-Erlasses vor ihrer polizeilichen »Einvernahme« kurzfristig der SA zur Sonderbehandlung dort vorzuführen waren. (Ich habe den Erlaß damals in der Zeitung gelesen.) Man hat manchmal das Schreien der Gefolterten hören können.
Das Boot hieß hinter vorgehaltener Hand nur das »Geisterschiff«.

Ingenieur 1905

Nein, aber ich wußte vor dem Krieg schon etwas vom KZ. Daß man in Oranienburg Leute einsperrte und nicht sehr gut behandelte.
Wir selbst haben 1934 Leute vorübergehend zu uns genommen, weil wir uns denken konnten, was mit denen passiert wäre, wenn man sie gekriegt hätte.

Konditor 1925

Ja, ich hab' das gewußt. Ich hatte einen Stiefvater, der war Pressechef, er brachte alle möglichen Dinge mit nach Hause ...
Zu Anfang der Nazi-Zeit habe ich einmal einen Blumenstrauß wegbringen müssen, da war ich dreizehn, der Autor von »Revolte im Erziehungsheim« war verhört worden, zu dem mußte ich gehen und Blumen hinbringen.

Psychiater 1921

Einmal gingen wir spazieren, mein Vater ging voraus mit einem Mann, der war aus Oranienburg gekommen und war da geschlagen worden. Die dachten nicht, daß ich das höre.

Arzt 1921

Mein Bruder war fünf, da ist er mit meinem Vater und einem Pastor am See spazierengegangen, und die haben sich da was übers KZ erzählt und dachten nicht, daß mein Bruder das alles mitkriegt. Der hat mir das dann erzählt, daß da Leute eingesperrt und geschlagen werden.

Elektriker 1929

Ich wohnte in einer Villengegend von Babelsberg – schräg gegenüber wohnte ein SS-Offizier. Und meine Tante erwähnte, sie hätte mit dessen Frau gesprochen und die hätte angedeutet, daß es KZs gäbe. Und ich weiß noch, wie ich als Junge aufhorchte, das war so was wie ein kleiner Schock, daß doch nicht alles so war, wie es hätte sein sollen.

Studienrat 1929

Von einem Kripobeamten weiß ich, der dienstlich im KZ Börgermoor (Emsland) gewesen ist. An der Toreinfahrt sei eine Hundehütte gewesen und aus dieser Hundehütte sei, wenn jemand das Tor passiert hätte, ein Sträfling auf allen vieren gekrochen und hätte bellen müssen. Und dieser Sträfling sei der frühere hamburgische Polizeihauptmann Georges gewesen, ein sehr aktiver Reichsbannerredner.

Ingenieur 1905

Nein. Aber mein Vater ist mal auf die Gestapo bestellt worden, und da hat er sich sofort Sachen eingepackt, er dachte, er käm nicht wieder.

Kaufmann 1926

Das sind Mißstände, hat man gesagt, der Führer weiß das nicht. Ich war manchmal sehr nahe dran, ihm zu schreiben. Aber er war ja so jenseitig wie der liebe Gott.

Buchhalter 1928

Man hat das als Einzelaktionen genommen, als Übergriffe. Das Gesamte hat man erst nach dem Krieg erfahren.

Zahnarzt 1914

Vorher hatten wir schon mal gehört, meine Eltern und ich, von einem Bekannten, daß er auch plötzlich abgeholt wurde und in ein KZ kam, und das muß ungefähr 1934 gewesen sein. Der hatte eine jüdische Mutter. Aber da hat man damals gar nicht drüber nachgedacht, weil das war alles irgendwie so im Anfang, und jeder hat gedacht, das sind so Ausschreitungen, die vielleicht nicht gerade zu solchem fürchterlichen Ende kommen würden.

Hausfrau 1918

Also, ich hatte sowieso schon etwas Abstand von der Partei gewonnen. Im ersten Lehrjahr 1933/34 waren wir natürlich SA-Leute, unser Chef war in der Partei und Bürgermeister usw., und das war selbstverständlich, daß wir in der SA mitmachten.
Und dann haben wir auch Saalschlachten gemacht, uns mit Kommunisten geschlagen. Und dann sollte die Arbeitslosigkeit beseitigt werden, und da hat der Chef Arbeitslose eingestellt, die mußten Karpfenteiche ausmoddern, und wir als Lehrlinge fuhren immer die Loren mit einem Pferd weg, und diese Arbeitslosen, das waren Kommunisten.
Und dann mit'm mal beim SA-Dienst am Sonntagmorgen standen sie in Reih und Glied neben uns. Da hab' ich gesagt, so was machte ich nicht mit, daß die Leute, die ich tags zuvor bekämpft hätte, mit'm mal neben mir ständen, und da hab' ich denn auch noch gesagt: »Nun ist der Alte tot, nun wird es ganz verrückt!« (Damit meinte ich Hindenburg.) Und das wurde auch an höhere Stelle gebracht. Und da hatte sich der Chef nachher für mich noch eingesetzt, sonst wären sie mit mir abgegangen. Und dann kriegte ich nachher ein Schreiben von der SA-Standarte: »Wegen Verringerung der SA aus der SA entlassen.«
Das war interessant, daß das nachher, 1947 in Jugoslawien in der Kriegsgefangenschaft, daß das bei der Vernehmung

wegen Kriegsverbrechen bei den Partisanen genau bekannt war. Daß ich aus der SA entlassen war, das kam mir nachher zugute.

Fuhrunternehmer 1913

Schon vor dem Krieg. Ein Mechaniker hat uns ein Radio gebaut, das konnte man sich damals bauen lassen, ein findiger Mensch, klein und unscheinbar war der, der war Kommunist und kam ins KZ und durfte nichts davon erzählen.

Hausfrau 1925

Man kann sich das heute so schwer vorstellen, daß man damals geschwiegen hat. Es war eben Gefahr für Leib und Seele dabeigewesen.

Optiker 1918

Nein, aber in dem Ort, wo ich wohnte, war jemand, der mal im KZ gewesen war. Der hatte anscheinend Redeverbot, infolgedessen erfuhr man nichts. Das war ein Mann, der sich politisch betätigt hatte, sehr links stehend.

Ingenieur 1916

Ich weiß eine bezeichnende Geschichte. Dachau und Oranienburg waren ja die ersten KZs. Als ich 1934 in München war, gab es noch viele Bettler, es läutete dauernd. Auf dem Flur stand deshalb immer ein kleiner Blechteller mit Münzen.

Ein Standardbettler kam fast jeden Tag, der bekam immer einen Teller Suppe, den aß er im Treppenhaus. Damit war er zufrieden, ein ordentlicher Mann.

Eines Tages kam er nicht mehr, er blieb ein paar Wochen

aus. Und dann sagte meine Mutter: »Heute ist er wieder dagewesen, unser alter Suppenfreund.« Sie hatte ihn gefragt:
»Wo waren Sie denn die ganze Zeit?«
»Ich war in Dachau.«
»Wieso?«
»Ich habe mich ungünstig über das neue Regime geäußert. Aber sagen Sie das um Gottes willen nicht weiter.«

Verleger 1913

Ich bin in Oranienburg aufgewachsen und habe nichts davon mitgekriegt.

Rentner 1920

Ja. Hier in Ulm war eins. Das war nur ein Jahr, dann haben sie es aufgehoben. Ein düsteres Festungswerk ist das; heut haben sie da eine Tafel angebracht.

Tischler 1911

In der Nähe von uns gab's ein kleines KZ. Die hat man arbeiten sehen. Da standen sie auf den Äckern und hackten. Aber da wußte man nicht, sind das Politische oder Verbrecher.

Schriftsteller 1922

Scheren sie einem Menschen den Kopf, kleiden sie ihn in Anstaltskleidung, der normale Mensch zieht dann den Schluß: Mit dem ist was nicht in Ordnung.

Kaufmännischer Angestellter 1927

Man wußte schon vor dem Krieg, daß es Konzentrationslager gab, und man sagte: »Konzertlager« und verband damit die Vorstellung von Prügel und Schreien. Man nahm an, daß da Asoziale hinkommen, die dort zur Arbeit angetrieben werden.

Vertreter 1905

Ein Kommunist in unserer Gemeinde, der war Quartalssäufer, und wenn er gesoffen hatte, dann konnte er sein Maul nicht halten. Der kam dann ins KZ. Ein Vierteljahr später bekam seine Frau einen vorgedruckten Brief, da war nur der Name eingesetzt und: »Gestorben an Herzversagen«. Die Frau hat laut gebrüllt: »Der hat doch nie was am Herzen gehabt! Der ist doch umgebracht worden.« – »Seine Asche können Sie sich kommen lassen«, stand da drunter.

Arzt 1898

Nein, nur als Drohung. Wenn du nicht, dann . . . Wir hatten auch einen Nachbarn, der Kommunist war und dann ganz offensichtlich abgeholt wurde und in einem KZ verschwand, aber nach einiger Zeit wiederauftauchte.

Beamter 1919

Das hat man mehr als so eine Art Gefängnis angesehen, aber daß die da umkamen, hat man nicht gedacht. Ein Malermeister aus der Nachbarschaft, ein Zeuge Jehovas, der war im KZ und ist wiedergekommen. Der hat gesagt: »Fragt mich bloß nichts . . .«

Tischler 1920

Als Schüler haben wir mal in »Wallensteins Lager« mitgewirkt, als Statisten. Und da haben wir dem Inspizienten die Trompete verstopft. Und als es hieß: »Blast, Trompeten, blast!« kam natürlich nichts.
Daraufhin hat der Hausmeister, der als einziger in Uniform im Theater herumlief, als Drohung ausgestoßen: »Ich bring euch ins KZ!«

Kaufmann 1924

Als ich zum erstenmal den Ausdruck »Konzentrationslager« hörte, konnte ich mir gar nichts darunter vorstellen, das ist ja auch ein sehr verschwommener Begriff. Später tauchten dann Wörter auf wie: »Oranienburg« oder »Dachau«. Aber Näheres? Nein.

Kaufmann 1923

Es wurde ja auch darüber geschrieben, in der Zeitung, man konnte es ja lesen. Das heißt, in der Zeitung stand, daß es Konzentrationslager gibt.

Modezeichner 1922

Die Ortsfrauen sagten oft, wenn man 'ne Fensterscheibe eingeschmissen hatte, als Junge: »Paß auf, du kommst nach Dachau!«

Ingenieur 1928

KZ? Beobachtet nicht, aber erfahren. Eigentlich wußte jeder: Wer's Maul aufmacht, kommt nach Dachau. Das fand man allgemein in Ordnung. »Der soll eben nicht das Maul aufmachen!« sagte man. »Die arbeiten da, und das ist doch in Ordnung.« Nur daß die alles im Laufschritt tun mußten, diese Vorstellung kam uns sehr komisch vor. Schaufeln im Laufschritt! Aber sonst war das in Ordnung.

Ofensetzer 1915

Ich war nie in einem drin. Ich wußte natürlich, daß Niemöller im KZ war. Wir haben Bittgottesdienste gehalten. Hinter der Hand hörten wir, daß er im ganzen anständig behandelt wird.

Kaufmann 1917

Von der Kirche her, weil man ahnte: Der Hitler hat nichts Gutes mit der Kirche vor. Da waren gewisse Vorbehalte.

Hausfrau 1916

Nein. Wir wußten natürlich, daß es Dachau gab. Da dachte man, daß da die hinkommen, die prinzipiell dagegen sind oder irgendwas sabotieren. Aber sonst, gewußt? Nein.

Hausfrau 1902

Es wurde davon erzählt. Die Bayern beteten immer:
Lieber Gott, mach mich stumm,
daß ich nicht nach Dachau kumm.
Also von da her – eine Ahnung schon, nicht?

Buchhalterin 1922

Man hat davon gemunkelt; und da ich persönlich sogenannte »Miesmacher« und »Meckerer« kannte, hab' ich immer wieder davon gehört.
Ganz allgemein wußte man, daß in Dachau ein KZ ist. 1933 kamen Leute da hin, und es kamen auch welche zurück.

Wegen der Ungesetzlichkeit wurde darüber gesprochen. Man war darüber empört, daß Leute ohne Urteil in sogenannte »Schutzhaft« genommen wurden.

Lektor 1916

Meine Mutter hatte eine Strickmaschine, das ratschte so, das ging durchs ganze Haus und störte die Leute. Und einmal, als die Nachbarin mir deshalb nachkeifte, da habe ich mit 12 Jahren gesagt: »Warten Sie mal, Sie kommen auch nach Dachau!« Da war die furchtbar erschrocken und rannte zur Polizei, und die Polizei kam zu uns und fragte, was wir vorzubringen hätten. Und ich kriegte die Hosen stramm gezogen.
Allein an dem Schrecken konnte man ablesen, was Dachau bedeutete.

Regisseur 1923

Nichts Konkretes, nur als Drohung. Es ist halt passiert, was soll man machen?

Maurermeister 1908

... Sonst kommst du ins KZ – das kam einem immer vor als ob: »Der böse Mann kommt!«

Hausfrau

Durch Gespräche hab' ich das mitgekriegt. Als Göring die KZs mal auflöste, da arbeitete ein entlassener Häftling bei uns, der renovierte unsere Wohnung. Der erzählte meinem Vater davon. Natürlich sollte es ganz geheim bleiben.
Das muß 1935 gewesen sein.

Pastor 1928

Nein, überhaupt nichts habe ich gewußt, das sag ich ganz ehrlich.
In der Nachbarschaft war eine Familie, wo der Mann in der KPD war, und der kam ins KZ. Zuerst ist das gar nicht aufgefallen, aber als er dann wieder zu Hause war, wurde davon erzählt. Wir hatten das Gefühl, daß er diese Strafe verdient hätte. Es hat keiner gesagt: Das ist ja unerhört, sondern jeder sagte: »Man kann ja auch seinen Mund halten und muß ja nicht gerade mit seiner kommunistischen Weltanschauung zerstören, was jetzt der Nationalsozialismus aufbauen will.«
Er ist auch gefragt worden, wie's denn da gewesen ist, und da hat er nur die Auskunft gegeben, daß er nicht darüber sprechen dürfe.
Meine Mutter hatte einen Lebensmittelladen, von daher kannten wir den Mann. Wir haben denn auch nicht weiter gefragt. Wir haben überhaupt im Laden wenig über Politik gesprochen.

Ladenbesitzerin 1909

Nein. Ich weiß nur eine einzige Geschichte. In Jena wurde erzählt, daß die Nazis Wäsche zum Reinigen gebracht hätten, da wär Blut drangewesen. 1935/36 war das. Aber das hat man mehr gemeint als gewußt, und man hat sich auch nicht veranlaßt gefühlt, das aufzudecken.

Physiker 1920

Ich habe! Und zwar ein Drogist in Parchim, ein fetter SS-Mann – die Bäuche in Uniform waren ja am schlimmsten –, der Bursche hat sich damit gebrüstet, im Suff, daß er mal einen totgetrampelt hat, in den 30er Jahren.
Das hat mein Vater mir damals erzählt, in der Nazi-Zeit.

Chemiker 1925

Im Gespräch habe ich sehr häufig davon erfahren. Die Schilderungen waren sehr plastisch. Noch heute haftet ein Bild in mir, wie Häftlinge an der Wand stehen, mit erhobenen Händen, das Horst-Wessel-Lied singen müssen und dabei ausgepeitscht werden. Das Bild habe ich immer im Gedächtnis. Das hat einer erzählt. Sieben Jahre war er da.

Pastor 1928

Gesehen. Das ist 'ne dolle Geschichte. Das war 1934, da war einer abgeholt worden, der ist vier Wochen weggewesen, dann ist er wiedergekommen, und der hat seine sämtlichen Hosen zum Schneider bringen müssen. Da sind weder Knie noch Hosenboden dringewesen. Der hat gesagt: Ich darf nichts sagen, ihr seht es ja.

Hausfrau 1912

Es gingen Gerüchte um, daß da was im Busche war. Die Leute, die aus'm KZ rauskamen, wurden verpflichtet, nichts zu sagen, sonst würden sie wieder hops genommen.

Molkereimeister 1923

Zwei Freunde, die verschwanden. Da wurden die Kleider zurückgeschickt, eines Tages.

Verleger 1903

Ein Karnevalist in Düsseldorf wurde damals verhaftet. Es hieß: »Der kommt ins KZ.«

Hotelier 1905

In einem Metzgerladen. Eine Frau sagte: »Ich bin wieder zurück aus dem Konzertlager, es war wunderschön!«
Da fragte ich meinen Vater: »Haben die da Musik gemacht?«
»Frag nicht so dumm ...«
Ich seh mich noch im Metzgerladen stehen, als die das zu meinem Vater sagt, und dem war das furchtbar unangenehm. Diese Frau, das war so ein Mensch, von dem man sich distanzierte.

Hausfrau 1924

Aus patriotischen Gründen hatte ich mir einen Hakenkreuzwimpel ans Rad gebunden. Ich fuhr öfter zu unserem Bauplatz in Rahlstedt »unten« (Eilbeker Weg) entlang. Gegenüber der Hefefabrik in Wandsbek wohnten Zigeuner, und fast jedesmal standen Leute vor der Tür und riefen mir etwas nach. Als sie mich mit Pappen und Steinen bewarfen, sagte ich es dann doch meinen Eltern, worauf mir der Eilbeker Weg verboten wurde, ich mußte »oben« (Wandsbeker Chaussee) bleiben. Nach einiger Zeit stach mich natürlich der Hafer, und als ich wieder »unten« fuhr, waren die Zigeunerwohnungen leer. Irgendwie fragten wir nach und erhielten folgende Antwort: »Die Zigeuner sind im KZ Neuengamme, endlich sollen die mal richtig arbeiten, außerdem sind das alles Kommunisten.«

Hochbau-Technikerin 1921

Ich erinnere mich an Prof. E., der ist vor dem Krieg ausgewandert und der wurde am Zoll von meinem Schwager abgefertigt. Sie haben sich noch miteinander unterhalten über alles mögliche, und der ist nicht eigentlich verbittert weggegangen. Da hatte man nicht den Eindruck, daß die schikaniert würden oder dergleichen (1935). Im Mai 1933 war er noch eingesetzt worden an die Stelle eines entlassenen SPD-Mannes und hat bis Oktober die Geschäftsleitung gehabt, das war immerhin bemerkenswert. Und wenn so Greuelgeschichten erzählt wurden, dann sagte man sich: Du weißt nun dies, ist es denn nun wirklich so schlimm? – Man konnte sich keine Vorstellung davon machen, weil man sich selbst doch überhaupt nicht so etwas zugemutet oder zugetraut hätte. Es lag so fern von jeder Erfahrung und so entfernt von der Menschlichkeit, daß man immer gedacht hat: Das sind alles böse Gerüchte.

Lehrer 1906

Wir hatten einen strengen Lehrer, Jude, der war aktiver Weltkriegsoffizier gewesen und der war als Altphilologe wegen seiner Strenge und Genauigkeit geachtet. Eines Tages war er von der Bildfläche verschwunden, das ist uns mächtig an die Nieren gegangen.

Apotheker 1922

Nein, ehrlich nicht. – Meine Freundin war bei einem jüdischen Anwalt, den kannte ich und den schätzte ich an und für sich sehr, großzügig war er und nett. Und daran kann ich mich noch erinnern, daß sie eines Tages ganz entsetzt zu mir kam und sagte: den Sowieso haben sie weggeholt! Da der nun an und für sich deutscher Offizier gewesen war und auch in Deutschland geboren war, haben sie den dann bald wieder freigelassen, hatten ihm aber die ganzen Haare abgeschnitten.
Daraufhin hat dieser Mann alles aufgelöst und hat sich über Nacht in die Schweiz abgesetzt.

Kaufmännische Angestellte 1914

Ich war im Hotelfach, da hatten wir 75% jüdische Gäste, und die haben uns oft ihr Leid geklagt. »Wir haben Auszeichnungen gehabt, und nun scheren sie uns die Haare.« Ein, zwei Tage später waren sie weg.

Hotelier 1904

Ich mußte meinem Onkel Englisch beibringen, als Junge, weil er als Jude auswandern wollte. Nach einem Jahr wollte er raus, aber da haben sie ihn am Bahnhof verhaftet. – Als er noch nicht weg war, bin ich da immer hingegangen und hab' auch das Essen gegessen, was die kriegten, Pferdefleisch. »Junge, geh da nicht hin!« sagten meine Eltern. Später habe ich den dann noch gesehen mit der Schaufel.

Karikaturist

Meine Tante hatte einen jüdischen Mann, der war Professor und starb Gott sei Dank rechtzeitig. Meine Tante hat bis zum Kriegsende die Pension gekriegt. Hat herrlich und in Freuden gelebt, man hat ihr nicht nachgestellt.

Postbeamter 1928

Natürlich! Meine Mutter ist eine reinrassige Jüdin; die wohnte bei mir im Hause, und ich hatte immer Angst, daß sie abgeholt werden könnte, ist aber nicht abgeholt worden, weil mein Vater ein bekannter Mann war. Aber ich habe fürchterliche Angst gehabt.

Hausfrau 1898

Nein. Aber vielleicht interessiert Sie dies: Eine jüdische Familie lebte in der Nachbarschaft. Der Mann war Kaufmann, der hatte eine sehr charmante Tochter, die ich von fern gern

angeguckt habe, aber ohne Aussicht auf Erfolg, weil ich jünger war als sie.
Die Frau machte einen Selbstmordversuch. Die Tochter klingelte bei uns, heulend, fassungslos, meine Mutter solle rüberkommen.
Meine Mutter sagte zu mir: »Junge, du mußt zum Arzt laufen, die Frau Isaak hat Schlafmittel genommen.«
Gegenüber war ein Amtsarzt, ich bin im Laufschritt dahin gerast. »Da liegt eine Frau mit einer schweren Vergiftung!«
Der Mann zog den Kittel aus und einen Mantel an und fragte: »Wo ist das? Wer ist das? – Ach, Isaak? Das sind ja Juden . . .« und zieht seinen Kittel wieder an. Die konnte ruhig draufgehn.

Pressezeichner 1920

Ja, vor dem Krieg, in den dreißiger Jahren. Mein Vater ist bis 1933 Abgeordneter gewesen, in Berlin. Und von daher hatte ich familiär eine Beziehung zu der Widerstandsproblematik. Außerdem war ich in der Lebensgemeinschaftsschule, wo wir sehr viele Juden hatten. Ich wußte von einer Reihe von Freunden meines Vaters, daß sie im KZ waren.

Beruf unbekannt 1925

Von Pastoren hieß es: Der hat was Unvorsichtiges auf der Kanzel gesagt, den haben sie abgeholt. Daß die Kirche mit den Nazis kontra stand. Aber es gab auch Pastoren mit Parteiabzeichen.

Gastwirt 1924

Nicht gesehen, aber gehört. Ein Bekannter war homosexuell, das war schon 1936, da hab' ich gehört, daß er ins KZ kam.

Buchhändlerin 1920

Ich hab' erstmals 1936 vom KZ gehört, nach den Olympischen Spielen. Bis dahin wußte ich, daß Leute verhaftet und dabehalten wurden. 1936 war ich Angestellte in einer Buchhandlung, da hatten wir einen Angestellten, der Homosexueller war, und den hatten sie sich geschnappt und nach Oranienburg gebracht. Da ist dann eine Bekannte von mir zur Gestapo gegangen und hat gesagt: »Wo ist der Sowieso? Ich will das wissen! (Hat da ein Faß aufgemacht.) Ich kann ohne den nicht leben, will den mal wieder in meinem Bett haben usw.«
Und da haben sie den entlassen. 10 Tage später kam der also wieder, mit kahlgeschorenem Kopf.

Buchhändlerin

Jetzt kommt die Welle gegen die Homosexuellen, dachte man.
Damals wurde ja noch ganz anders über Homosexuelle gedacht als heute. Diese Menschen verführten junge Menschen, und es sollte ja nun alles »sauber« sein.
Es ist nicht richtig, wenn man sagt: Man wußte nicht. Man wußte schon, aber nicht dieses Ausmaß. Man dachte, da kriegt mal einer Prügel oder wird schikaniert, aber doch nicht dies! Man sah das damals anders.
Zuerst hatte die SA die Bewachung, und die war nicht beliebt.
Als die SS die Sache übernahm, war man froh: Das ist eine Elite, dachte man, die wird für Ordnung sorgen.
Hitler ist gar nicht so schlecht, wurde gesagt, der schafft Ordnung. Aber die kleinen Hitler, das sind gescheiterte Existenzen, das ist furchtbar.
Erst 1938 bei der Kristallnacht änderte sich das.

Optiker 1913

Nein, von KZs hab' ich nichts gesehn.
Bei Gesprächen in der Bahn hat man mal davon gehört, sonst nichts. Auf der Büchner Strecke stieg mal ein ostpreußischer SS-Führer in mein Abteil zu, der sich dann behaglich und breit über seine Aufsehertätigkeit in einem KZ äußerte. Aber nicht unnett. Zum Beispiel, daß Häftlinge ihm nach ihrer Entlassung noch mal geschrieben hätten, wie nett das gewesen sei.
Da haben wir uns damals nichts dabei gedacht. KZs waren damals noch nicht das, was sie später waren.

Postkartenvertreter 1908

Nein. Das einzige, daß ich mal ein Buch gelesen hab', während der Nazi-Zeit, eine Aufklärungsschrift über das KZ Oranienburg. Das war aber ein Buch, in dem die eigentlichen Schikanen nicht geschildert wurden. In dem KZ werde Reedukation betrieben, so dachte man, allerdings im Nazi-Sinn. Das Buch war herausgegeben worden, weil im Volk gemunkelt worden war, daß es KZs gab. Um dem entgegenzuwirken. Jeder hielt den Mund, aus Angst.

Kaufmann

Wir heißen Hochbaum, und ein Arzt in Schwerin hieß Rosenbaum, und die waren Juden. Und als mein Bruder dann bei den Pimpfen war, da wurde plötzlich gesagt: »Du kannst abmarschieren, du bist wohl auch ein Jude.« Da hat er gesagt: »Bloß, weil ich Hochbaum heiße? Ich bin aber keiner. Das kann ich dir beweisen.«
Also, das sind auch schon so Sachen. Die haben wir dann 1934/35 schon erlebt; aber noch nicht so auf diese ganz harte Tour, das Schlimmste hat man eigentlich kaum gewußt.

Hausfrau 1918

Der Scholl ist mir begegnet als HJ-Führer, noch vor 1938. Damals war es noch üblich, daß jeder sich das Fähnlein aussuchen konnte, und Hans Scholl hatte ein Fähnlein, bei dessen Heimabenden er Stefan Zweig vorlas, »Sternstunden der Menschheit«, was also verboten war. – Ich sollte für dieses Fähnlein gekeilt werden, aber ich hatte Hemmungen, da wegzugehen, wo ich war. Mein Jungzugführer hat zu mir gesagt: Da gehst du nicht hin! – Er erwähnte dann, daß da welche drin seien, die im Gefängnis gewesen sind. (Essener Jugendprozeß.) Als Zehnjähriger wollte ich ihn nicht fragen, warum . . .

Kaufmann

Den Namen Ossietzky hab' ich erst nach dem Krieg zum erstenmal gehört.

Angestellter 1920

Ich spielte mit einem Jungen aus der Nachbarschaft, von dem Vater wußte man, daß der »saß«. Aber es wurde nicht darüber gesprochen. Man nahm das als gegeben hin.

Internist 1927

Nein, nur als Schüler, und zwar von Buchenwald. Ich war Hermann-Lietz-Schüler in Ettersberg bei Weimar.
Wir liefen Ski und sahen die Bauarbeiten für die Zäune, und niemand wußte, was das werden sollte. Als Schüler haben wir die Wälder durchstreift und konnten plötzlich mehrere schöne Wege nicht mehr gehen, weil Maschendrahtzäune sie durchkreuzten, und es wurde gemunkelt, daß da ein Lager hinkäme.
Es ist uns dann auch streng verboten worden, da wieder hinzugehen.

Psychiater 1921

KZ? Nein. Ja. Also, ganz nein will ich nicht sagen. 36/38 hab' ich in Jena studiert. Damals wurde Buchenwald gebaut. Da gingen Gerüchte, aber das war auch alles. Weimar wurde ganz als NS-Stadt eingerichtet. Thüringens Metropole, so wurde einerseits gesagt und dann richteten die da ein KZ ein.

Optiker 1913

Daß es ein KZ gab, hab' ich mitgekriegt, weil ich bei Buchenwald wohnte; daß da Andersgläubige lebten, das wußte ich.
Man hörte, daß das eine Anstalt wär, in der Mißliebige, Andersdenkende eingesperrt seien.

Kleindarsteller 1905

Ich wußte, daß Buchenwald ein KZ war, ich wußte auch, daß unser Kreisleiter mal mit zu einer Delegation gehörte, die Buchenwald besichtigen durfte. Da war 'ne Musterabteilung, die extra hergerichtet wurde, alles gut. Der hat uns auch mal in einem Vortrag erzählt, wie gut es doch den Leuten geht und die könnten arbeiten und die wären in Schutzhaft und die würden gut verpflegt und so weiter . . .

Studienrat 1926

Wir zogen öfter zum Ettersberg hoch, ich mit meinen Schulkameraden. Die Geschmacklosigkeit der Nazis war ja so weit gegangen, daß sie ihr KZ-Areal bis in den Park vom Ettersberg vortrieben, in dem Goethe früher die »Iphigenie« aufgeführt hat, mit der Dingsda als Iphigenie und dem . . . als Orest.

Wenn man sich vor Augen hält, daß man in demselben Jahr verhältnismäßig sorglos aufgewachsen ist! Und mit Idealen! – Auf einmal sieht man das von Sorglosigkeit charakterisierte Leben mit ganz andern Augen an. Und was heute dort drüben geschieht, läßt einen sehr nachdenklich werden. Der Russe hatte das Lager dann ja noch lange in Betrieb.

Direktor einer Volkshochschule 1925

Ich war in Erfurt. Und da machten wir eines Tages einen Schulausflug nach Weimar zum Goethehaus. Und bei der Gelegenheit sah ich einiges. Im Vorgebiet von Weimar war ein KZ, ich wußte damals nicht, daß das Buchenwald hieß. Ich sah gefangene Sträflinge in einem Steinbruch oder etwas Ähnlichem arbeiten. Ich wußte, daß das KZ-Häftlinge sind, hatte aber nicht gedacht, daß das etwas anderes wäre als in Schneidemühl die normalen Sträflinge. Das muß 1937/38 gewesen sein.

Germanist 1923

Ich war nur einen Tag in Weimar, da hab' ich das KZ gesehen und auch Beobachtungen gemacht. Das war praktisch wie unsere militärische Ausbildung, so schien es mir damals: »Wir zählen – ab!« Nur wesentlich härter.

Mann 1923

Nur 1937, da war ich 13. Ich war in Oranienburg bei Berlin, da hat uns eine Studienratswitwe an einem großen Lager vorbeigeführt, und da sahen wir, wie glatzköpfige Männer in scheußlichen gestreiften Anzügen Gräben aushoben. Ich hab' es nicht begriffen, wie denen zumute war, hab' auch gedacht, sie hätten ganz furchtbare Verbrechen begangen.

Die Studienratswitwe war eine ganz große Nazi-Dame. Die war vermutlich überzeugt davon, daß die das verdient hatten.

Hausfrau 1924

Als ich dreizehn war, da besuchte ich mal meine Großeltern, die wohnten am Güterbahnhof. Von da aus konnte man gelegentlich Leute in gestreiften Anzügen arbeiten sehen. Da sagte mein Großvater: »Das sind Leute aus dem KZ.« Das violette Kennzeichen, das seien Schwule, sagte er, mit einem etwas mokanten Gesicht. – »Was ist das?« – »Männer, die nicht in die Gesellschaft passen.«

Hausfrau

Was uns – also jetzt »uns« insgesamt – uns Deutschen vorgeworfen wird, manchem mit Recht, aber vielen doch mit Unrecht: »Ihr hättet doch wissen müssen! – Ihr habt doch die Lager in unmittelbarer Nähe gehabt!«, das ist schwer zu beantworten. Ich wohnte in Arnstadt, 40 km von Weimar entfernt, aber ich habe nichts von Buchenwald gewußt. – Wir wußten, daß es ein Lager Buchenwald gab, aber, was drin los war . . . das war tatsächlich so abgeschirmt von der Außenwelt, daß man nichts hörte. Die paar, die was wußten, die erzählten natürlich nichts davon, um nicht selbst in Gefahr zu kommen.

Studienrat 1925

Ich habe nie was gesehen. Aber man hörte von den Geisteskranken, die verschwanden, und daß die starben, ohne daß ein Grund vorlag. Da gab es einen Film von einer Todkranken mit Heidemarie Hatheyer(?), »Ich klage an«, die aus Barmherzigkeit getötet wurde. Dieser Film sollte die Tötung der Geisteskranken in der Bevölkerung wohl vorbereiten und populär machen. Die »Euthanasie« wurde von der Bevölkerung nicht mit den KZs in Verbindung gebracht.

Finanzbeamter 1911

Ja, von Grafeneck, wo die Geisteskranken getötet wurden. Ein Bekannter wohnte dort. Ich kann heute noch nicht verstehen, daß man um die Tötung von Geisteskranken so ein Theater gemacht hat. Da gibt es doch welche drunter, die tatsächlich ihr Ende herbeisehnen oder für die das eine Erlösung ist. Wer mal so richtige Geisteskranke gesehen hat, der versteht das. Damit ist nicht gemeint, daß man gleich jeden Mongoloiden abmurksen soll.
Bei der Frage der Abtreibung ist man heute ja auch nicht grade zimperlich.

Hausfrau

Die Kristallnacht hab' ich noch in Erinnerung. Das war schrecklich. In einem zerstörten Laden hing eine Figur am Galgen. Ich war entsetzt.

Rektor 1905

Die Kristallnacht war bei uns hoch akut! Im Radio kam die Nachricht, daß der Rath oder wie er hieß, den der Jude Grünspan angeschossen hatte, seinen Verletzungen erlegen sei. Da mußten wir von der Hitlerjugend aus abends antreten und durch die Stadt marschieren. Mein Vater sagte: »Unterwegs setzt du dich ab!« Und das hab' ich dann auch getan. Die jüdischen Kaufhäuser sind tüchtig geplündert worden. Am nächsten Morgen hatten meine Schulkameraden lauter kleine rote Portemonnaies mit Ringen drin. Sie kamen damit an und fingen damit an zu handeln, und zwar nahmen sie die Ringe heraus und versuchten sie extra an den Mann zu bringen. Ohne jedes böse Gefühl ging das. Da ist eben was freigegeben worden, so dachte man.

Dozent 1927

Wenn einer sagt, er hat von der Kristallnacht nichts gewußt, dann lügt er. Das konnte jeder sehen, und das stand ja auch in der Zeitung. Meine Eltern waren damals sehr bedrückt. Mein Vater, mit 'ner goldenen Brille auf – in seiner Studierstube stand eine Büste von Homer –, also, zu dem paßte so was doch gar nicht. Der war solcher Brutalität gegenüber völlig machtlos. Daß der erschüttert war, das ist doch selbstverständlich.

Jurist 1928

Man konnte sich das nicht vorstellen. Ich habe erzählt bekommen von der Kristallnacht, wie das da zugegangen ist. Hinter der ganzen Nazisache lag damals eine grausame, schattenhafte Ahnung. Bloß nicht daran rühren, dachte man. Das war wie Tod und Teufel, wie die schlimmsten Alpträume. Als ob man so einen Blick tut in die Abgründe des Unbewußten. – Davor klingelte das WHW-Werk mit bunten Figuren, und die Paraden prunkten, überhaupt der Erfolg deckte alles Nachdenken zu.

Kaufmann

Ich hatte meine infanteristische 10-Wochen-Ausbildung im Herbst 1938 abzuleisten. Das Bataillon war in der Don-Pedro-Schule in Nymphenburg einquartiert. An jenem Septembermorgen, als Chamberlain nach dem Münchner Abkommen nach London zurückflog, sahen wir seine Maschine über dem Oberwiesenfeld aufsteigen.

Der 10. November war der Tag der Entlassung. Ein paar Gefreite und die beiden Unteroffiziere unserer Stube, die zu Hause schliefen, erzählten, als sie vor Dienstbeginn aus der Stadt kamen, aufgeregt und anschaulich, was sie von den Verwüstungen und den Bränden der beiden Synagogen wußten oder gehört hatten. Wir hatten keine Nachrichten gehört. Unter uns jungen Männern, Arbeitern, Handwerkern, Angestellten, zwei Studenten, befanden sich nur zwei oder drei Nazis. Die hielten ihren Mund. Alle anderen machten ihrem Abscheu und ihrer Empörung Luft. Einige wollten es überhaupt nicht glauben.

Buchhändler 1913

Ich wurde am 11. November 1938 (zwei Tage nach der Kristallnacht) zur Wehrmacht eingezogen. Auf meinem Weg durch die Stadt Lübeck zur Kaserne habe ich die zertrümmerten Geschäfte der Juden gesehen. Vor diesen Geschäften standen die SA-Leute und wollten das Volk »aufklären«.

Rentner

Die Kristallnacht war schrecklich. Wir sind nach Mannheim gelaufen und haben uns das angesehen. Die zerstörten Häuser, die eingeschlagenen Fenster. Gardinen hingen raus.
Die Jüdinnen hießen dann plötzlich Sarah, und dann kam der Stern. Wir durften nicht mehr neben denen sitzen in der Schule.

Hausfrau

Es war ja nicht so wie heute, daß man sich informieren konnte, man war ja im engsten Kreise und immer sehr isoliert. Man konnte sich nicht informieren, das kann heute keiner mehr begreifen.

Ich war Lehrling in einem Textilgeschäft, und am Tage nach der Kristallnacht kam mein Ausbilder erst um 1/2 11 Uhr ins Geschäft und der hat dann angegeben, was sie für Heldentaten vollbracht hätten, wie sie die Scheiben eingeschmissen hätten und die Krüppel nachts aus dem Bett geholt hätten. Das weiß ich noch. Und ich weiß auch noch, daß das in mir einen großen Abscheu erregt hat. Da bin ich abends durch die Stadt gegangen, Innenstadt, da waren einige Möbelgeschäfte und Uhrengeschäfte. Da bin ich zum erstenmal nachdenklich geworden. Das wurde aber durch Propaganda später sehr bald überspült, so daß man nicht sagen kann, daß das lange nachgewirkt hätte.

Angestellter 1923

Ich kannte den Rabbiner, den hab' ich mal im Zugabteil gesehen, vor dem Krieg, ein alter bärtiger Herr. Als Junge wurde mir bekannt, daß sie ihm 1938 den Bart ausgerissen und mit dem Spaten auf den Kopf geschlagen haben.

Lehrer 1925

In der Kristallnacht hörte ich das Trappeln vieler Menschen auf der Straße und die Feuerwehr. Am nächsten Tag war meine Mutter bedrückt. Wir gingen in die Stadt und sahen überall die zerschlagenen Läden und Wohnungen. Was mir auffiel: Niemand räumte da auf, kein Mensch war zu sehen.
Verstanden hat man nichts.

Beamter 1929

Nein, nie. Das einzige, daß hier im Möbelgeschäft die Scheiben eingeschlagen wurden, sonst nichts.
Nichts gehört, nichts.

Buchhändler 1928

Da weiß ich noch, wie sie das Haus demolierten und das Eingemachte aus dem Fenster schmissen. Er war Offizier gewesen, im Ersten Weltkrieg, Christ geworden und hatte 'ne arische Frau.
Der Mann durfte dann im Krieg nicht in den Bunker. Nur die Frau mit dem Baby, weil die arisch war. Und der ist dann auch bei einem Angriff umgekommen.

Hausfrau 1927

Ich war damals zu Hause tätig als Landwirt und erfuhr, daß sie die Schaufenster eingeschlagen hatten von den betreffenden Geschäftsleuten. Ein Jude Frisch in Wismar hatte ein Schuhgeschäft, und das hat uns nicht gerade gefallen.

Landwirt 1913

Nach der Kristallnacht waren die Schaufensterscheiben der Geschäfte in der Breiten Straße »Globles«, »Hirschfeld«, »Etam« zerstört und die Auslagen herausgerissen. Wir fanden das furchtbar, haben uns aber weiter keine Gedanken darüber gemacht, weil wir noch zu jung waren. Wir hatten keinen großen Bekanntenkreis, daß man da mal was erfuhr.

Hausfrau 1923

Nach der Kristallnacht wußten wir Schulkinder nicht, was passiert war. Mit dem Fahrrad auf dem Weg zur Theodor-Körner-Mittelschule sah ich die ersten zertrümmerten Geschäfte längs der Gräbschnerstraße. SA-Leute waren beim Plündern und auch andere. Die sollten bewachen und haben selber rausgeholt. Ein Geschäft lenkte besonders die Aufmerksamkeit auf mich. Es war ein Schuhgeschäft. Wir hatten auch dort früher Schuhe eingekauft. Zu meiner Ver-

blüffung mußte ich feststellen, daß alle Auslagen aus dem Schaufenster schon entwendet waren, und in der Mitte stand als einziges ein Holzbein im Schaufenster, an welchem die Auszeichnungen EK I und andere angeheftet waren. Darunter stand ein Schild, worauf handschriftlich geschrieben stand: »Ist das der Dank des Vaterlandes?« Das blieb mir so in Erinnerung als Schulkind. Je mehr man in die Stadt reinkam, desto mehr war verwüstet. Die Schule fiel, glaube ich, aus.
Das sehe ich heute noch vor mir.

Vermessungsingenieur 1922

Der Rechtsanwalt J., den sollen sie im Nachthemd durch die Stadt gejagt haben. Am nächsten Tag kam sein kleiner Sohn von auswärts, der war auf Erholung gewesen oder so was, den haben Freunde am Bahnhof abgefangen und erst mal zu sich genommen, daß er keinen Schock kriegt.

Zollbeamter 1925

Wenn ich dazu noch was sagen soll, dann muß ich gleich dabei anfangen mit der Kristallnacht, da war bei uns in Schwerin auch sehr viel los. Da war die Synagoge zerstört, da war 'n Schuhgeschäft und 'n Uhrengeschäft, der Löwenthal in der Schmiedestraße, total kaputtgeschlagen, und sogar zum Karstadt-Konzern wollten sie rein und wollten alles kaputtmachen, und da ist aber wohl zur rechten Zeit noch jemand draufgekommen, daß der doch kein Jude ist. Und den Friedhof haben sie fürchterlich zugerichtet in Schwerin, da war ein Judenfriedhof. Und das kam uns damals auch erstmalig zu Bewußtsein, daß sie da also unbedingt etwas gegen die Juden unternehmen wollten und dies nun auf die ganz öffentlich, harte Tour taten.

Hausfrau 1918

O ja! Natürlich! Mein Onkel war im KZ. Und der Vater meines Freundes, der war auch mal 'ne Zeitlang im KZ. Da wurde natürlich nicht darüber gesprochen.
Als Junge kann ich nicht sagen, daß ich die Bedeutung der KZs überhaupt erfaßt habe. Aber die Kristallnacht. Mein Vater war Bäcker, und wir hatten einen Lieferanten, der hieß Eichmann, der war Jude. Und einen Tag nach der Kristallnacht, da sagt mein Vater zu mir: »Du, Junge, du kannst eben mal gehen und die Rechnung bezahlen beim Herrn Eichmann!« Ich geh hin und klingel da, es mag 10 oder 11 Uhr gewesen sein, da haben die aufgemacht mit Angst im Gesicht, dachten, das wär der SD oder was weiß ich. Da ist mir das noch gar nicht so bewußt geworden, aber im nachhinein.

Beleuchter 1925

Ich habe auf dem Lande gelebt, da war nichts. Erst 1939 hab' ich auf dem Schulweg die kaputte Synagoge gesehen, und da hab' ich gefragt: Was ist denn das?

Frau 1931

Mein Vater regte sich über viele Dinge wie Kristallnacht usw. gewaltig auf. Aber als die großen Siege in Frankreich kamen, war er hingerissen. Da war das andere dann verdrängt.

Redakteur

Nebenan von uns war ein Schirmgeschäft, die hießen Katz. Und wir hießen Kater und hatten unser Geschäft direkt daneben. Und als die zumachen mußten, hat die ganze Straße gesagt: Wie schade, das war doch immer so lustig.

Bibliothekarin 1921

Niemals. Das einzige, an was ich mich noch erinnern kann, das war 1938, da war ich 5 Jahre alt. In der Nachbarstraße wohnte ein kleiner dicker Mann mit der typischen gebogenen Nase, und der stand 'n paarmal an der Haltestelle. Er trug einen Staubmantel mit einer Knopfleiste und daran hatte er den gelben Stern. Ein paarmal hab' ich ihn da gesehen.

*Regiassistent 1933**

Ja, einen Eindruck hatte ich. In den großen Ferien war ich an der Ostsee gewesen, 13 Jahre war ich alt. Und auf der Rückreise kam ich mit dem Zug auf dem Stettiner Bahnhof an und da stand der ganze Bahnsteig voll Menschen, die hatten alle gelbe Abzeichen auf der Kleidung, Sterne also. Da hab' ich mich gewundert: Was ist dies?
Das war 1938.

*Sekretärin 1925**

KZ. Ja, natürlich. 1938 wurde ein Freund von mir, ein Industrieller, Jude, nachts abgeholt. Nach 4 Wochen kam er wieder und seine schönen englischen Anzüge waren durch eine Säure gezogen, die kriegte ich dann geschenkt.

Kunstmaler 1914

Ein Onkel von mir war Rechtsanwalt und Notar, der hatte für inhaftierte Juden in Buchenwald Vermögensangelegenheiten zu regeln, Vollmachten zu geben, um Vermögen eventuell auf andere Personen zu überschreiben. Das hab' ich erst nach dem Krieg erfahren, ich wußte nur, daß er da

* Gedächtnisirrtum, wohl in Verbindung mit der Kristallnacht. Der »Judenstern« wurde den Juden in Deutschland und in den besetzten Gebieten 1940 aufgezwungen.

irgendwelche Arbeiten zu erledigen hatte, er sprach nicht darüber. Wie ich mal in seinem Büro war, wie alt war ich da, dreizehn, vierzehn Jahre, neugierig, wie man ist, hab' mal so in seinen Akten rumgewühlt, da sah ich auch Akten mit Namen Veilchenfeld und Rosenbaum, also das war ja klar, und sah auch die Paßbilder: Zum großen Teil das, was man sich unter einem typischen Juden vorstellte. Kapiert habe ich damals kaum, las da was von Vermögen und Vollmachten. Er selbst sprach überhaupt nicht drüber. Was ich viel später erfuhr, nach 45 erst, er hat ca. zweitausend Juden zu Papieren usw. verholfen, mit Beziehungen, die er hatte, daß sie noch zur Auswanderung kamen.

Studienrat 1925

Jüdische Rechtsanwälte waren gut, in Prozessen, man braucht ja immer mal einen Rechtsanwalt, auch beim Landwirt kommt mal was vor, wenn es was zu regeln gibt. Klein hieß der eine, der war gut. Der war dann nachher auch nicht mehr da.

Bauer 1901

Ich bin in der glücklichen Lage, nie damit konfrontiert worden zu sein.
Die einzige Jüdin in unserer Klasse, als die verschwand, da haben wir uns natürlich unsere Gedanken gemacht.

Hausfrau

Ich hatte eine Schulfreundin, die war Jüdin. Und eines Tages sagte sie: »Wir gehen nach Amerika.« Ich brachte sie zum Schultor, um von ihr Abschied zu nehmen, und als ich zurückkam in die Klasse, da haben sie mich verdroschen.
1938 war das, als die noch auswandern konnten.

Sekretärin 1925

Ja. Eine Schulkameradin verschwand. Ich hab' sie noch in der Stadtbahn gesehen und hab' noch versucht, sie zu erreichen, ging in das Mietshaus, und da hieß es, es gäbe sie nicht mehr. Die Leute in dem Mietshaus waren alle ganz still.

Zollbeamter 1929

Unser Schulleiter starb, und wir Schüler wurden angehalten, die Ansprache des Pfarrers mitzustenographieren, für die Angehörigen. Und da kam dann der Eindruck auf, das wollte die Gestapo haben, und da fiel dann auch der Ausdruck »KZ«.

Schriftsteller

Mein Mann war ganz wütend. Jedesmal, wenn er aus der Bank kam und nach Hause wollte, stand ein Jude auf der Straße und hat ihm aufgelauert. Die wollten alle was von ihm, und das konnte er ja nun gar nicht vertragen, daß die ihm so nachliefen. – Er hat sie manchmal zusammengeholt und hat sich über sie geärgert, weil selbst in dieser Situation noch jeder sein eigenes Süppchen kochen wollte, gegen die andern. Da hat er manches Mal gesagt: »Nun helft euch doch gegenseitig! Euer Geld geht ja doch verloren!«

Hausfrau 1901

Juden unerwünscht! hieß es. Man hatte so das Gefühl, daß die Juden abgeschoben werden, ins Ausland. Und, so wie ich meinen Vater kenne, wenn der das gewußt hätte, dann, nehme ich an, daß er da auch ganz klar und scharf sich gegen geäußert hätte.

Angestellter 1925

Ich kann mich an eine Sache erinnern. Ich stamme aus einer Bauernfamilie. Die Viehhändler waren durchweg Juden. Mein Onkel war Pferdehändler, und eines Tages ergab sich ein Gespräch im Pferdestall. Der Mann hieß Schloß, der war Jude, der sagte: »Ich muß hier raus, ich muß nach Hamburg.« – Mein Onkel hatte ein Auto, einer der wenigen damals, der ein Auto hatte, und der Jude fragte, ob der ihn fahren würde. 1939. Und bei Tisch kann ich mich erinnern, daß es eine kurze Diskussion gab, ob mein Onkel nach Hamburg fahren wird oder nicht. Und da hat der gesagt: »Ich bin dem verpflichtet, ich fahre.« Er wünschte keine Debatten. – Und die sind dann auch weggekommen.
Was mich geärgert hatte, der Sohn von dem hieß Nathan, und jeden Sonnabend wurde ich da rausgeschmissen. Wir haben uns darum geprügelt. Aber keine Debatte, daß der Jude war.
Nach dem Krieg ist der dann bei uns wiederaufgetaucht, der Nathan. Stand plötzlich vor der Tür und brachte uns Zigaretten und Schokolade. Das hat der uns nicht vergessen.

Buchhändler 1932

3.

Meine Mutter hat immer den Englandsender gehört, daher wußten wir 'ne ganze Menge. Aber gesehen haben wir nichts.

Bibliothekarin 1923

Meine Mutter hat gesagt: »Wenn wir die Verdunklung nicht runtermachen, kommen wir ins KZ.«
KZ, das war eben mehr als Zuchthaus, das wußte man.

Masseuse 1924

Eigentlich nicht. Als Landser hat man mal was gesehen. »Ist das eine Strafeinheit?« hat man gedacht.

Postbeamter 1921

Und dann hab' ich Judenverfolgungen erlebt während des Polenfeldzugs, auf dem Vormarsch. Wir zogen als Artillerieeinheit durch ein Dorf und erlebten, wie eine SS-Einheit die Juden aus den Häusern trieb, und wenn die dann gerade so auf die Straße laufen wollten, wurde hinterhergeschossen. Und ich selber habe hier tote Juden liegen sehen und da tote Juden liegen sehen usw. Das hat uns kolossal erschüttert, und wir machten uns damals auch schon unsere Gedanken darüber, was daraufhin geschehen würde.

Fuhrunternehmer 1913

Es war im Polenfeldzug, und wir hatten mal ein paar Tage frei. Ich ging mit einem Kameraden einer Schießerei nach: Was ist denn los? Der Krieg ist hier doch schon zu Ende? – Und da kamen wir an einen Erdwall, den wir erklommen hatten, und da hab' ich gesehen, daß da ungeheuer viele Menschen standen, die da erschossen wurden, und da kam ein SS-Mann und jagte uns weg. – Die Leute gingen einen Hügel runter in das Tal hinein, wie ein Ameisenhaufen sah das aus, und unten wurden sie erschossen, immer: bruch! bruch! bruch! – »Warum macht man das denn?« – »Das sind Leute, die Sabotage gemacht haben.«
Unten in der Grube lagen schon viele, die waren tot. Nicht nur Männer waren das.

Lehrer 1920

Ich wußte, daß es KZs gab. Aber Vergasung war unbekannt. Mein Bruder hat's meinem Vater erzählt, er war Standortkommandant in Polen und wußte von Massenerschießungen. Mein Vater hat's uns dann nach dem Krieg erzählt.

Ingenieur 1927

Ein Bekannter von meinen Eltern, ein SS-Offizier, der wurde in ein Konzentrationslager versetzt, weil er schwer verwundet worden war, und der hat sich da das Leben genommen. Da sagte meine Mutter zu mir: »Überleg mal, Kind, was da wohl los ist, daß er sich das Leben genommen hat.«

Buchhändlerin 1928

Ich hab' 'n Bekannten, der ist da Aufseher gewesen, der streitet das natürlich ab. So schlimm sei es nicht gewesen, sagt er.

Vertreter 1924

Nur im Arbeitsdienst hab' ich davon gehört, in Kudnow, da hatten sie 'n KZ, ein Schulkomplex war das, da gingen die Juden drin spazieren, in Zivil. Hin und zurück.
Wenn man zu nah ranging, dann sagten die SS-Posten: »Hör mal, Kamerad, geh mal auf die andere Seite.«

Schriftsteller 1922

Nein. Ich kam Ende Januar 1940 nach Polen, und da habe ich auf dem Bahnhof bei Krakau irgendwo gesehen, wie Polizisten, wir konnten es nicht genau erkennen, wie SS-Leute auf Leute losdroschen. Es war bitterkalt. Wollten diese Menschen irgend etwas holen, fragten wir uns, oder nur in einen wärmeren Raum? Und wie die da drauflosschlugen, da sagten wir: Um Gottes willen! Ist das womöglich unsere Aufgabe? Wird uns das mal bevorstehen, daß wir das auch machen müssen?

Buchhändler 1906

Im Krieg, in Przemysl, da hab' ich was vom Ghetto gesehen, soweit ich das damals . . . ein harmloses Durchgangsghetto, und viele Leute bemühten sich, die Juden gut zu behandeln, und offensichtlich waren sie nicht unter SS-Bewachung, sonst wär das ja gar nicht möglich gewesen.

Arbeiter 1924

O ja, da hab' ich 'ne ganze Menge davon gehört. Wir haben mit Juden im Haus zusammen gelebt und wir haben miterlebt, daß sie abgeholt wurden und in die Bundesstraße kamen und dann abtransportiert wurden nach Theresienstadt.
Daß die getötet wurden, hab' ich nicht gewußt. Aber daß sie nicht wiederkommen würden, das hat man geahnt.

Hausfrau 1928

Eine befreundete jüdische Familie kam weg. Und da haben wir noch am Zug gestanden, und meine Mutter hat gesagt: »Die sehen wir nicht wieder.«
Das waren Personenwagen, und wir standen am Zaun. Das waren zwei alte Damen.

Hausfrau

Eine Ansammlung von Menschen, die waren furchterwekkend angezogen. – Da hat mir meine Mutter gesagt, daß das Juden sind und daß die in ein Lager kommen. Und das hat sie in einem Ton gesagt, aus dem ich raushörte, daß da was Furchtbares geschieht.

Kaufmann 1931

Ja, aber man hat's nicht geglaubt . . . Bis ich eines Tages gesehen habe, die Jüdinnen in Berlin, wie die so vollgepackt waren mit Rucksäcken. Die mußten sich irgendwo melden.
Wir kamen grade vom Wintersport zurück, und es hat mich ziemlich erschüttert, wie ich die so sah.

Hausfrau 1901

Ja. Wir hatten jüdische Freunde, und ich wußte, daß die nicht mehr ins Kino gehen durften und jeden Moment Gefahr liefen, abgeholt zu werden. Es war uns völlig klar, daß sie nie wiederkehren würden.
Das Wort KZ fiel natürlich. Die Art aber, wie sie umgebracht wurden, das hab' ich nicht gewußt. Gaskammern, das war nicht bekannt, aber daß sie nach Polen kamen, das wußte man. Bei uns im Haus wohnte eine Freundin meiner Mutter, die verbarg sich da. »Bitte, geh doch nicht ins Kino«, das höre ich noch meine Mutter sagen, und sie ist doch hingegangen: »Wir sehen und hören nichts, wir haben ja nichts mehr vom Leben«, sagte die. Und sie ist nicht wiedergekommen. Die Angst, die wir um sie hatten, implizierte das Wissen. Das wußten wir schon als Zehnjährige: Ein Zurück gab es da nicht mehr.

Buchhändler 1929

Zwei Parzellen hinter uns hatten Juden ihr Haus. Die spielten da Tennis. Und eines Tages waren die weg. – Weiter nichts.

Professor 1927

In der Kleinstadt kannte man ja die jüdischen Mitbürger. Die meisten wanderten aus, aber etliche blieben auch da; eine Frau Berg z. B., die hab' ich als uralte Frau in Erinnerung, 80 war die. Einmal sah ich sie auf einer Bank sitzen, und da setzte ich mich zu ihr. Da sagte sie: »Du weißt doch, daß du dich nicht zu mir setzen darfst, das tu man lieber nicht.« Anfang 1940 hieß es: »Frau Berg wird verschickt.« Dem Nachbarn hat sie noch eine Karte geschickt, aus Theresienstadt. Dann hat man von ihr nichts mehr gehört.
Daß es KZs gab, hat man gewußt.

Hausfrau

Vor dem Ausbruch des Westfeldzuges lag ich an der holländischen Grenze bei einer Familie, die enge Beziehungen zum Kaplan der Orte Lobberich und Grefrath hatte. Insbesondere die Tante Unna erzählte uns viel von dem Bischof Graf von Gahlen der Diözese Münster, der in vielen Hirtenbriefen auf die Behandlung der Juden und auf die Übergriffe der NS-Machthaber hinwies.
Dort habe ich auch zum ersten Male den Ausdruck KZ gehört.

Ingenieur 1921

Im August 1940 kamen Lastwagen mit Möbeln, Bildern, Teppichen und Radioapparaten aus Holland. Das wurde auf dem Marktplatz ausgestellt, die Bevölkerung sollte kaufen. Das waren gebrauchte Möbel.

Pastor 1899

Ich weiß nur von den Lastkähnen, die auf dem Dortmund-Ems-Kanal fuhren, und daß die eine ganze Zeitlang Möbel und Klaviere transportierten, gebrauchte Sachen.
Wir kleinen Dötze standen auf der Brücke und sagten: »Da waren aber viele Klaviere drauf.« Und meine Mutter sagte ganz traurig: »Das hat man all den Menschen weggenommen.« Und meine Freude schlug dann um.

Hausfrau 1922

Ich kaufte mir ein Lexikon »Die Juden in der Musik«. Das zeigte ich meiner Mutter, und die hat das ohne Kommentar durchgesehen. Dann setzte sie sich ans Klavier und spielte was aus der Csárdásfürstin von Emmerich Kálmán und fragte mich, wie mir das gefiele. Kálmán wäre ein Jude, was ich dazu sagte. Da war ich doch sehr nachdenklich. Später hat sie Angst gekriegt und hat gesagt, den kenne sie von früher, und die Musik hätte an einem bestimmten Tag ihres Lebens eine Rolle gespielt – nur deshalb habe sie mir das gesagt. Sie dachte, ich würde das in der Schule erzählen.

Angestellter

Eine erste Beobachtung hatte ich, die ist mir damals aber nicht bewußt geworden. Ich war Schüler des Jesuitengymnasiums. Als ein Lehrer verhaftet wurde, war zum erstenmal von »KZ« die Rede, erinnere ich mich. Er war weg, und es wurde darüber gesprochen.

Journalist 1930

Wir wollten ein Gedicht lernen, und ich lernte den »Belsazar« von Heine, »Die Mitternacht zog näher schon . . .« Ich sagte das Gedicht auf, und der Lehrer ließ mich auch, aber dann hat er gesagt: »Das ist sehr schön, das Gedicht, und du kannst zu Hause auch ruhig weiter Gedichte von Heine lesen, aber wenn du mal wieder was aufsagen sollst, dann würde ich doch ein anderes nehmen.«
Das war 1940, und das hat für niemand irgendwelche Folgen gehabt.

Kaufmann 1924

Ich hab' mal im Zug einer Frau den Platz angeboten, und da hat sie die Handtasche plötzlich vor den Stern gedrückt und mich so angeguckt. Sie wollte mir keine Schwierigkeiten machen.

Schriftsteller 1922

Die Sache mit dem Judenstern hab' ich noch in Erinnerung.

Meine Eltern wurden immer wieder angesprochen, wir sollten doch mit solchen Leuten nicht reden.
Es wurde auch gesagt, die Halbjuden müßten auch irgendwie einen ganz kleinen Stern tragen, man wisse ja nie, mit wem man da spricht.

Dozent 1927

Also, wo ich erfahren habe, daß Juden negativ behandelt worden sind, das war, daß unser Hausarzt auf'm Lande . . .
Er war Jude und seine Frau war Arierin, und der Sohn war somit Halbarier.
Sie waren drei Jahre verlobt, die kriegten keine Heiratserlaubnis.
Das war von Lilienthal der Sohn, das weiß ich noch, und da war nichts möglich.
Trotzdem mußte der zweite Sohn nachher noch Soldat spielen; dazu war er gut genug.

Landwirt 1913

Meine Tante war anti, und mein Vater war dafür. Und wenn sie kam, wurde die Wohnzimmertür zugemacht, und da haben sie sich gestritten.
»*An sich* gehörst du ins KZ«, sagte mein Vater zu ihr.

Kaufmann 1931

Vor meinen Augen wurde mein Vater verhaftet. Er war in keiner Partei, aber er war ein utopischer Sozialist. 1940 wurde mein Vater von den Nazis verhaftet, und ich dann 1945 von den Russen.
Als völlig gesunder Mensch ist er zunächst in eine Irrenanstalt gebracht worden. Mir wurde angedroht: »Wenn Sie

sich noch mehr um Ihren Vater kümmern, dann gehen Sie auch ab. Ihr Vater ist ein Feind des Führers.«
Mein Vater ist dann nach einem Jahr entlassen worden.

Oberstudiendirektor 1910

Als ich den Verstand kriegte, 1940 rum, da hab' ich meine Eltern gefragt: »Was ist ein Konzentrationslager?«
»Da ist man eingesperrt, wo es wenig zu essen gibt und wo man furchtbar arbeiten muß«, das war die Antwort.
Man sprach hinter vorgehaltener Hand darüber. Dachau, das war allgemein bekannt. Dachau, das war ein Synonym für »KZ«.
Dachau war schon deshalb bekannt, weil da auch katholische Geistliche inhaftiert waren. Aber im Osten, Maidanek und so weiter, die waren einem nicht geläufig.

Arzt 1909

Gehört immer, und zwar schon sehr bald eigentlich. Das Wort »Dachau« kam schon um 1940 vor. Wir hatten weitläufige Bekannte, die eingesperrt wurden oder in Schwierigkeiten gerieten.

Archivar 1920

Konzentrationslager, das waren »Aufbewahrungslager« für Leute, die eine Abneigung gegen den Hitlerstaat hatten, dachten wir damals. Zwar ungesetzlich, aber immerhin. Nicht Vernichtungslager. Von »Vernichtungslagern« haben wir nie etwas gehört.

Angestellter

Gesehen hab' ich nix, nur 'ne Mauer. Es hieß, das sei ein Gefangenenlager. Nur die Mauer und einen Zaun konnte man sehen.
Da kam auch oft ein widerlicher Geruch. Es hieß: Da wird desinfiziert.
Aus den umliegenden Dörfern arbeiteten dort Männer als Bewacher, die durften überhaupt nichts erzählen, die wurden mit dem Tode bedroht.
Es hieß: »Gefangenenlager« – daß es ein KZ war, erfuhren wir erst später. Da wurden dann alle Dörfer geräumt, und die KZler konnten da hausen, aus Sühne.

Tischler

Nee. Ich habe nie was davon gehört. Nie, nie, nie, nie. Ich war nach dem Krieg so überrascht!
Ich bin mal nach München gefahren, das war nachts, da sind wir umgeleitet worden, und ich hab' durch Fenster geillert, und da war was mit Scheinwerfern und Zäunen, lauter Baracken, hell angestrahlt. Und da hab' ich im Zug gefragt, aber die waren ganz komisch, haben nichts gesagt. Ich hab' dann auch meinen Mann gefragt: »Hast du denn nie davon gewußt?« – »Nö.«

Behördenangestellte 1921

Ja. Arbeitslager, das wußte man. Es wurde erklärt, daß Menschen, die anders dachten oder arbeitsscheu waren, da hingebracht würden, und mit der Erklärung hab' ich mich zufriedengegeben. Ich hab' weder jemand vermißt noch hab' ich erfahren, daß mal einer wiederkäme.
Mit unserer Jugendgruppe machten wir an manchen Feiertagen Ausflüge, und zwar nach Suthof, wo ich nachher erfuhr, daß da ein KZ gewesen ist, und da stießen wir bei unsern Ausflügen an eingezäuntes, weites Land, wo keine

Menschen zu sehen waren und auch keine Transporte oder Schornsteine noch sonst was.
Und dann hieß es eben: »Da ist dieses« – weit hinten – »dieses Lager, Arbeitslager« für Leute, die's nötig hätten.

Hausfrau 1925

Daß es in den KZs so aussah, wie man es nach 45 erfuhr, das konnte man sich natürlich nicht annähernd vorstellen. Ich weiß nur, daß ein Bekannter zur Waffen-SS eingezogen wurde. Der hatte das richtige Gardemaß (das waren ja die zukünftigen Zuchtbullen der Nazis), und dann kam der Polenfeldzug, und da ist er abkommandiert worden, und der Junge, als er dann auf Urlaub kam, da war er völlig niedergeschlagen und durcheinander, daß man ihn zu solchem Posten abkommandiert hatte, irgendwo in Polen zu den Vernichtungslagern.
Was sich in Deutschland in den KZs abgespielt hat, das war ja wahrscheinlich noch human gegen diese Vernichtungslager.
Und der Junge, der hat sich dann geäußert, er wolle versetzt werden, das hielte er nicht durch. Und der hat sich selbst 'ne Kugel in'n Kopf geschossen, weil man ihm das verweigert hat. – Das war aber wohl ein Einzelfall. Ich erwähne das auch nur, um darzustellen, wie man als harmloser Volksgenosse etwas davon hörte, ohne daß man sich etwas Genaues darunter vorstellen konnte. Die Ausmaße.

Mann 1909

4.

Mein Gedächtnis ist sehr lückenhaft . . .
Es liegt ja irre lange zurück. Noch weit vor der Pubertät.
Es muß ein strenger Winter gewesen sein, vielleicht 1940 oder 1941, der Verkehr brach wegen des Vereisens und des Schnees zusammen. Da wurden die Hausgemeinschaften eingesetzt zum Freimachen der Straßen, und zusätzlich kamen Trupps von Leuten, die Häftlingskleidung trugen. Mit denen arbeiteten wir Hand in Hand. Dabei erfuhr ich, daß das Leute aus dem KZ sind, ohne damit allerdings eine nähere Vorstellung zu verbinden. Daß das Gefangene sind . . . Anstaltskleidung, so ähnlich wie Pyjamas, aber breiter gestreift.
Sie mögen kahlrasiert gewesen sein.

Redakteur 1927

Und dann in dem einen schneereichen Winter, da schippten die Häftlinge die Straßen frei. Die waren hungrig.
Als Kind versteht man ja nichts von Grausamkeiten. Daß die nun Strafe verdient hätten. Es kam einem eher umgekehrt vor, die taten einem eher leid, wie sie da standen in ihren Holzpantinen und Schnee schippten.

Krankenschwester 1931

Obwohl ich erst acht Jahre alt war ... Wir sind ausgebombt worden, und ganze Straßenzüge kamen in verschiedenen Luftschutzkellern zusammen, und da waren weibliche KZ-Häftlinge dabei, und die Erwachsenen sagten: »Die kommen aus dem ›Konzertlager‹.«
Die bekamen Sachen geschenkt, und wir wußten, was das bedeutet: KZ.

Redakteurin 1933

Es klingelte, und da steht einer vor der Wohnungstür, in gestreifter Kleidung, und bat mich um was zu essen. Der Wachtmann stand unten und hatte ihn raufgelassen, hat das wohl geduldet.
Der Häftling war SS-Mann gewesen, das sagte er mir, und das fand ich frappierend. Befehlsverweigerung oder Feigheit vielleicht. Dafür wurden die ja sofort bestraft.

Kaufmann

Ein kleiner Wachtmann mit riesigem belgischen Beutegewehr. Ich ging mit der Mutter spazieren, da sah ich den, wie der da so Gestalten bewacht.
»Welches Datum?« fragte uns plötzlich einer.
Das sind ja Deutsche! dachte ich da.

Fahrer

Nein. Nie was zu Gesicht bekommen. Ich war seit 1937 bei der Marine.
Es ging das Gerücht um, daß das existiert, aber Genaueres wußte kein Mensch.

Redakteur 1917

Nein. Ich war bei der Marine, und zwar war ich Kommandant eines Minensuchers. Ich war ganz im Norden von Norwegen, wo Dietl war. Und von da oben haben wir immer die Urlauber mitgenommen, die Österreicher, und die fuhren immer sehr ungern mit dem Schiff, die hatten Angst vorm offnen Wasser. Unter den Österreichern waren welche, die in der Mannschaftsmesse beim Trinken erzählt haben, daß sie mal gesehen hätten, daß im Osten Juden erschossen wurden.
Ich war so empört! Ich hätte schreien mögen vor Entrüstung. Kein Deutscher tut so was!
Daß es im KZ kein Honigschlecken wär, das haben wir gewußt, aber daß da laufend umgelegt wurde, das nicht.

Kaufmann 1920(?)

Ich war bei der Marine und habe absolut nichts gewußt. Einmal kam ich auf Urlaub, nach Berlin, und geh' in meinem dunklen Mantel einen ehemaligen Lehrer in der Nachbarschaft besuchen. Ich klingel, und dann wird ganz schüchtern aufgemacht, und als er mich sieht, schlohweiß! Erstarrt! Was war? Er war Jude und dachte, ich käm von der Gestapo und wollte ihn holen. Ich hab' bei ihm gesessen, aber er konnte sich die ganze Zeit von dem Schreck nicht erholen.
Ich hab' mir das erst viel später erklären können.

Kaufmann 1918

Das war doch 'ne schreckliche Zeit. Wenn es klingelte – man wußte ja nie, wer es war.

Kaufmann 1901

Als Jungs machten wir »Schellekes«, wie das hieß, wir schellten also an den Türen und paßten auf, was die Leute dann sagten, ob sie schimpften oder empört waren. Bei diesen »Schellekes« haben wir dann auch bei einer jüdischen Familie geschellt, und da ärgerten wir uns, daß die nicht reagierten. Später hörten wir dann, daß die zu Tode erschrocken waren. Meine Mutter hat mich verhauen.

Vertreter

Als die KZs eingerichtet wurden, war ich ja noch ein junger Mensch, und wir lebten als junge Leute an sich mit Idealen. Gesagt hat man uns nichts.
Das erste Mal 1940/41, da war am Plöner See die Ausbildung der Marinekadetten und da war mal 'ne Meuterei und da hieß es: »Die hat man ins KZ gesteckt.«
Aber daß dies Folgen gehabt hätte, wie man's dann später erfahren hat, das ist nie bekannt gewesen. Das einzige war eben, wenn ich daran denke, daß mein Vater, der ein großer Nazi-Gegner war, daß wir Angst hatten: »Den stecken sie mal ins KZ«, denn das Wort KZ war so weit geläufig, daß man dachte, daß die Leute da mit einer Gehirnwäsche versehen würden, um sie umzufunktionieren. Die wurden abgeholt, kamen in ein Lager, und nach einer gewissen Zeit konnte man davon ausgehen, daß es wieder okay war.

Mann 1923

Von meinem Vater hab' ich mal was gehört, 1941, daß man Leute in Hamburg auf dem Polizeipräsidium geschlagen hätte. Das wurde hinter der hohlen Hand mitgeteilt. Dem einen hatten sie ein Auge ausgeschlagen.
»Um Gottes willen, du darfst davon nichts erzählen!«
Der eine kam nie wieder.

Arbeiter

Ein Pole, der war zwei Monate verschwunden, der war im KZ gelandet. Und da hat mein Vater eine Eingabe gemacht, daß er ihn für die Ernte braucht, und ist hingefahren und hat den Polen geholt. Das vergeß ich nie, wie der da in der Ecke saß, das vergeß ich nie. Haferflocken haben wir ihm gegeben, weil er nichts essen konnte. Er hat uns seinen Körper gezeigt, aber hat gesagt: »Chef, nichts sagen.«

Bauersfrau 1912

Im Nachbardorf wurde ein Pole aufgehängt, weil er es mit einer Deutschen getrieben hatte. Rassenschande wurde das genannt. Der Baum steht noch da, den können Sie noch sehen. Wir mußten alle hin, und die Polen, die hier auf den Dörfern arbeiteten, mußten auch hin und sich das ansehen. Der Frau haben sie die Haare abgeschnitten, sonst ist ihr nichts passiert.
Sie hatten den Polen auf einen kleinen Tisch gestellt, und dann hat der Parteibonze da den Tisch umgestoßen. Und dann hat der noch dazu gelacht.

Bauersfrau

Beim Zahnarzt, ich hatte eine Zahnregulierung und hörte zu, was die Frauen sich im Wartezimmer erzählten. Einmal sagten sie, daß da ein Lastwagen durch Weimar gefahren wäre und daß die Klappe aufgegangen wäre und Leichen herausfielen. Da sagte die eine Frau: »Ja, das gibt es öfter.« Als sie merkten, daß ich zuhörte, waren sie still.

Angestellte

1941 hab' ich zum erstenmal von der Vernichtung psychisch Kranker gehört, ein Arzt erzählte mir das.

Arzt 1922

Im Winter 1941 kam ich nach Berlin, nach Oranienburg, und da war ein KZ. Das sahen wir von außen, wir hörten nichts. Wir nahmen das hin. Hörten nichts, sahen nichts. Hörten keinen Lärm, keine Schüsse. Sahen auch nur eine hohe Drahtmauer. Und dann erinnere ich mich auch an einen Turm. Aber uns ist nie der Gedanke gekommen, daß dort fürchterliche Grausamkeiten vorkämen. Der Schock über diese Vorgänge kam erst nach dem Krieg.

Pensionär 1911

Ich meldete mich zur Waffen-SS, als Sechzehnjähriger. Ich dachte, ich geh zu den Nachrichten, und da bin ich Spion.
Ich kam nach Oranienburg, da war eindeutig ein KZ. Da saß der Niemöller, das sagte uns der Unteroffizier.
Zum Fotografieren für unsere Paßbilder wurden wir durch die Mauer geführt. Da war ein Graben, in dem Tiere herumliefen.
Da war ein Blockhaus, das wie eine Villa aussah: »Da wohnt Niemöller.«
Ein Gefangener fotografierte uns. »Es ist verboten, Nahrungsmittel herumliegen zu lassen oder zu verschenken«, wurde uns gesagt. – Ich wußte nicht, was da drinnen passiert, aber ich hatte eine klare Vorstellung davon.
1941 muß das gewesen sein.

Germanist 1923

Ich war in der Hitlerjugend, und im Wälzheimer Wald hatten wir irgendeine Fahrt und dort war ein KZ, kein großes, und da hatte eine Fabrik ihre Arbeitssklaven gehabt. Wie's da zuging, das habe ich nicht gewußt. Es wurde uns gesagt: »Das sind Verbrecher und Homosexuelle«, das war 1941, aber direkt gesehen habe ich sie nicht.

Journalist 1924

Es war bekannt, daß das KZ Dachau bestand. Das wußte sogar unser Lehrer: »Wenn Sie so weitermachen, werden Sie noch in Dachau landen. Vielleicht sollte man Sie auch als Demokrat über England abschmeißen.«

Beleuchter

Als Kinder, die Drohung, du darfst nichts sagen, sonst kommst du ins KZ. Wir hatten einen Hausmeister, der war mal im KZ gewesen, den haben wir immer angeguckt, wir wußten nicht, wie wir zu dem stehen sollten.

Germanist 1928

Mein Lehrer hatte das goldene Parteiabzeichen, der sagte: »Ihr könnt ja nun dafür sorgen, daß ich ins KZ komme, nachdem ich dies und dies gesagt habe . . .«
Das war damals was Besonderes, daß einer das aussprach, und das hat mir Eindruck gemacht. Das war ja kritisch gemeint.
Ein anderer, einfacher »Volksgenosse« hätte vermutlich das nicht sagen dürfen. Aber der mit dem goldenen Parteiabzeichen, der konnte sich das erlauben.

Volkshochschuldirektor 1925

In der Straße, in der ich wohnte, hatte ich meine 100prozentige Sexualaufklärung empfangen. Da sagte ein Mädchen, die war schon etwas älter, sie hätte in Buchenwald einen Erste-Hilfe-Kurs mitgemacht und dort an den Toten den Eintritt des Todes gelernt. Das sagte sie damals. Ich seh sie noch so zwischen den Pfosten stehen.

Cutterin

Als Pennäler bin ich mal in eine KZ-Dependance hineingeraten. Bei einem Sommerausflug, 1941, fuhren wir aus der Stadt heraus und an einen See, beobachteten dort Haubentaucher und Pirole – ich bin nämlich schon als junger Mensch ein begeisterter Ornithologe gewesen –, ein wunderschöner, heißer Tag. Dann hatten wir Durst und sagten: »Los, wir trinken noch Wasser auf dem Bauernhof.« – Als wir auf den Hof fuhren, waren da Frauen in hängender, zerfetzter Kleidung, kahlgeschorene Frauen. Ich hab' zu den Jungens gesagt: »Trinkt schnell, dann fahren wir weiter.« Die Bewacher ließen uns auch ohne weiteres da trinken.
Kahlgeschorene Frauen: Irrsinnig ist das, wenn man das zum erstenmal sieht, ist das genauso ein Schock, wie wenn man zum erstenmal die Y-Behaarung einer Frau sieht.
Zu Haus hab' ich nichts erzählt. Das war eine Realität, die nicht bekakelbar war.

Biologe

Nö. Ich habe nur im Warthegau ein Judenlager gesehen. Das war abgegittert, und die armen Menschen flehten da und wollten was zu essen haben. Weiter habe ich nichts gesehen.
Und dann auf der Moorweide. Ich sag' zu meiner Frau: »Du, die ganzen Juden kommen weg.« Meine Frau sagt: »Das kann doch nicht sein?« – Die ganze Moorweide war voll, prima angezogen, Leute aus der Ehestraße, alle mit'm Judenstern, jeder mit einer Tasche. Die wurden dann abtransportiert.

Hotelier 1904

Ich war während des Krieges in Hamburg an der Marinefachschule. Und als ich eines Morgens die Alster entlang zum Dienst ging, da sah ich ein offenes Auto, in dem Juden saßen. Das hat mich tief erschüttert. Da war einer dabei, den erkannte ich, ein feiner Herr, der in der Bergstraße ein Geschäft hatte, ein vornehmer, gar nicht jüdisch aussehender Herr. – Es war ein richtiger Lastwagen, wie man Vieh verlädt, so waren da Männer und Frauen zusammengepfercht. Das Lastauto verschwand in Richtung Lombardsbrücke.

Mann 1899

Ich habe gesehen, wie eine alte Frau abgeholt wurde, eine alte jüdische Arztwitwe, das hab' ich irgendwie mitgekriegt. Mit einem Lastwagen. Die wohnte gegenüber. Ein Lastwagen fuhr vor, und sie wurde da raufgebracht, allerdings nicht unter Druck, aber hinterher ist darüber geredet worden, man stellte sich ein Gefängnis vor oder ein Lager. Jedenfalls nichts Schlimmes.

Hausfrau 1927

Unsere Reinemachefrau hat mal bitterlich geweint, weil ihre alte Herrschaft abgeholt wurde. Er war Kommerzienrat und Jude, und mit fünf Mark und einer Tasche voll Sachen mußten die sich melden.

Redakteur 1933

Ich erinnere mich noch, wie die Lemgoer Juden deportiert wurden, die zogen durch die Stadt, mit gelbem Stern. Da waren Nachbarjungen dabei. Mein Vater sagte: »Die müssen arbeiten.«
Man dachte, die sind nicht *für* uns, die sollen also arbeiten.

Unternehmer 1931

Von meinen Eltern hab' ich damals was gehört, die waren Hausmeister in einem jüdischen Altersheim. Da hab' ich einiges gehört, aber: »Ja, das stimmt, sie werden weggebracht. Sie kommen in die Ostgebiete in Ghettos, da ist das dann vorbei, daß sie Rechtsanwälte sind, sondern da müssen sie sich selbst verwalten und arbeiten.«
Ich hab' das nicht wahrhaben wollen.

Drogist

Im Nachbarort wohnten zweihundert Juden, und die sind alle verschwunden. Mein Vater hat da Vieh gekauft. Man hat nie böse über diese Leute gesprochen. Ich bin als Kind mal mitgefahren, und da hab' ich 'ne Matze gekriegt.

Schriftsteller 1922

Vor dem Rußlandfeldzug, ich war auf einem Wehrmachtstransport in Richtung Osten. Einmal fuhr der Zug langsamer, und da waren Leute, die da arbeiteten. Ich dachte: Zuchthäusler. Erst später sind wir auf den Gedanken gekommen, daß das keine normalen Häftlinge sind. Die riefen uns nämlich zu: »Ihr werd' schon sehen, wohin ihr kommt!«
Neben den Häftlingen und dahinter, überall standen Bewacher, die sahen wie Soldaten aus.

Fabrikant

Winter 1941 kam ein Unteroffizier aus der Nachbarbatterie, der war vom Urlaub zurückgekommen und konnte nicht zur Einheit kommen, nachts, weil die Entfernung so groß war. Und da haben sie noch Mädchen aufgesucht, und das ist denunziert worden. Weil er mit einem jüdischen Mädchen verkehrt hatte, wurde er zum Strafbataillon versetzt und kam später nach Küstrin in die Festungsanstalt und wurde degradiert.

Landwirt 1913

Nein. 1941 bin ich in Rußland verwundet worden, auf einem Lkw wurden wir zurückgebracht. Da sahen wir auf einmal, neben der Straße, so ausgeschwärmt, und da hörte ich so einen Singsang und sah in der Ferne einen schwarzen Haufen von Menschen, Militär drum herum, Feldjäger. Ein merkwürdiger Singsang, ein unartikuliertes Klagen. Mir wurde speiübel, als ich das sah, aber erst viel, viel später hab' ich realisiert, was da passierte. Die wurden da natürlich alle erschossen. – Die Feldjäger waren alle sehr nervös.

Mann

Als wir den ersten Vormarsch gegen Kiew gemacht haben, da hab' ich was gesehen, Kinder auf einem Wagen. – Und dann haben sie sie erst durch das Wasser gejagt, und dann mußten sie noch was singen, und dann wurden sie erschossen.

Ein Junge weinte: »Ich bin erst sechzehn . . .« Ein alter Mann mit langem Bart, der betete noch.

Die Norddeutschen und bis zum Rheinland runter, die haben sich nicht zu so was gemeldet, aber die Bayern waren wie wild dahinter her.

In Galizien da waren Juden, die haben Holz getragen. Da hat ein Russe zu mir gesagt: »Paß auf, morgen werden die alle erschossen.« Aber die Russen waren ja genauso schlimm.

Bauer 1910

Ein älterer Mitschüler, der »überjährig« war und schon 1940 zum Barras kam, der besuchte uns mal in der Klasse, wie das so war, und der Lehrer fragte: »Wie ist es da draußen?« Und da hat der ganz offen erzählt: »In Rußland werden Tausende erschossen.«
Der Lehrer versuchte das dann irgendwie zu überspielen.

Lastfuhrunternehmer 1922

Erschießung von Juden in der Ukraine hab' ich gesehen. Das war 1941 in Alexandria, zwischen Human und Poltawa, man kann es auf der Karte finden. Wir hatten dort einen Feldflugplatz besetzt.
Wir hatten sonntags Ausgang und sahen, wie die Juden aus ihren Häusern getrieben wurden, der Arbeitsdienst holte die aus den Häusern heraus, von den Ukrainern denunziert: »Da Jud'.« Wie sie gingen und standen, so holte man sie aus den Häusern heraus, manche sogar im Nachthemd, drei kranke bettlägerige Frauen. Eine hatte sogar einen Wertgegenstand mit bei sich, eine Tischlampe. – Wir haben uns daran nicht beteiligt.
Sie wurden in der Kommandantur zusammengetrieben, das war ein großes Haus mit Toreinfahrt. An der Toreinfahrt stand der Arbeitsdienst Spalier, mit Knüppeln, und die schlugen auf die z. T. alten Leute ein. Auf dem Hof wurden sie zusammengetrieben und wurden auch geschlagen.
Hinter der Kommandantur war ein Massengrab, das mußten sie öffnen, das war von den Kommunisten wohl noch. Sie mußten die halbverwesten Leichen herausholen, ich sehe noch, wie sie die auf dem Buckel heraustrugen. Der Geruch war unbeschreiblich. Der Leichengeruch war noch abends in unsern Taschentüchern, das hab' ich festgestellt. – Die Leichen wurden in ein neues Massengrab geworfen. – Am nächsten Morgen hörten wir, noch vor unserm Wekken, so gegen fünf Uhr, daß auf unserm Schießstand ge-

schossen wurde, und es wurde uns berichtet, daß dort Juden liquidiert würden. Der Staffelkapitän hat uns zusammengerufen und hat uns gebeten: »Wir halten uns sauber und halten uns da heraus. Damit haben wir nichts zu tun.«
Die übrigen Juden sind in den Keller der dortigen Post getrieben worden, so daß sie dort fast übereinander lagen. Vorbeigehende Soldaten haben gesehen, daß sie nach Luft schnappten. Diese Juden wurden zwei Tage später in von ihnen selbst ausgehobenen Massengräbern erschossen. Es wehrte sich keiner. In Erinnerung ist mir noch ein kleiner Junge, der sich mehrmals losriß. Ein hocheleganter SS-Offizier beobachtete die Szene mit seiner Freundin. Er hatte einen Pelzkragen auf dem Uniformmantel. Fast möchte ich behaupten, er hatte auch einen Hund. – Obwohl es uns verboten war, da hinzugehen, es zog uns magisch an. Ich war neunzehn. Das war wohl Sensationslust und daß man das nicht glauben konnte. Damals glaubte ich, es wäre gerecht, wenn wir den Krieg verlieren.

Chemiekaufmann 1921

Schon am Anfang des Rußlandfeldzuges. In Tilsit hatten wir eine Menge Soldaten, und im Quartier hatten wir einen Hauptmann, der stand schreckensbleich in der Tür, der erzählte uns, er sei an einem Erschießungsplatz vorbeigekommen. Dort hatten sie eine Kuhle ausgehoben, und die Juden oder Polen fielen da rein. Er wollte das bei meinem Mann – der war Rechtsanwalt – zu Protokoll geben. Das hat er auch getan, aber man konnte ja nichts machen.
Wir hatten viele Juden in Tilsit, und es wurde gemunkelt, die würden in Lagern zusammengezogen.
Unterschwellig bekannt war es, das muß man sagen.

Hausfrau

1941 sagte ein Bahnbeamter zu mir: »Wir haben gestern Schießübung gehabt. Da liefen zwei Polen durch die Gegend, die haben wir gleich mit umgeschossen.«
Da sagte ich: »Hören Sie, dies ist nicht unsere Art, Krieg zu führen.«

Ingenieur

Ja, gehört davon. Als Soldaten. Aber wir konnten das gar nicht glauben. Ein Soldat zum Beispiel, der durfte doch nicht angefaßt werden, so übertrieben war das doch: »Darf ich Sie anfassen?« Ganz humaner Staat. Und dann dies?

Regisseur 1923

5.

Wenn ich heute so in meinem schönen Haus sitze, warm und mit all meinen Sammlungen, dann kann ich mir vorstellen, wie den Juden damals zumute gewesen sein muß, als an die Tür geklopft wurde, alles raus! Und sie sahen es dann nie wieder.

Antiquitätenhändler

Als ich verwundet war, bin ich im Elsaß gewesen. Und wir, zehn, zwölf Offiziere, wir sind zum Essen in ein sehr schön eingerichtetes Privathaus gegangen. »Wem gehört denn dieses Haus?« hab' ich gefragt. »Dies ist ein jüdisches Haus.« Kostbares Geschirr, gute silberne Bestecke.
Diese Beschämung: Man ist in ein Haus eingebrochen, das einem nicht gehört.

Schriftsteller 1922

In Kiew sind wir mit unsern Panzern an einem mit Draht abgesperrten Gelände vorbeigefahren. Da waren 'ne Menge Menschen drin, die hatten sich kleine Feuerchen am Erdboden angezündet und die wärmten sich da. Wir waren der Meinung, es wären Gefangene, aber das waren Juden.
Die kämen nach Deutschland zum Arbeiten, hieß es.

Kaufmann 1916

Ich hab' die Elendszüge russischer Kriegsgefangener gesehen, die auf Holzschuhen durch die Stadt lahmten, und hab' gesehen, wie die Wachtsoldaten denen in'n Arsch traten. Das war fürchterlich. Ich hab' gedacht: »Was gibt es bloß für Menschen.«

Hausfrau

Dann kam die Kunde von Massenmorden. Ich hatte im Lazarett einen Freund getroffen, und der erzählte mir freudestrahlend, daß man überzählige Russen, die man nicht ernähren könne, weil man so viel gefangen hat, in ein Auto tut, mit Auspuff nach innen. Die führen dann eine Strecke weit und dann wären die erledigt.
Das war 1942. Da hat's mich gefroren.
Aber es hat immer noch eine Zeit gedauert, daß ich Antifaschist wurde. Ich hatte das Glück, daß ich Leuten begegnete, die mir sagten, daß es auch noch was anderes gibt als die Nazis.
Wie hat's geheißen? »Die Hitlerischen«, »Der ist bei den Hitlerischen«.

Ofensetzer 1915

Mein Bruder war im Rußlandfeldzug beim Flugzeug-Bodenpersonal, also zum Reparieren. Als er krank wurde – er bekam Gelbsucht –, wurde er nach Deutschland ausgeflogen, und da erzählte er uns, daß die Nazis die Juden vergasen würden. Wir wollten das aber nicht glauben, weil unser Bruder ein großer Nazi-Gegner war und die Militärausbilder nicht mochte.

Hausfrau 1923

Im Winter 1941/42 habe ich in Brest-Litowsk deutsche Jüdinnen gesehen, wie sie im Pelzmantel Eisenbahnarbeiten machten, am Gleise.

Beamter 1920

In Saporoschje. Da standen sie mit Ferngläsern.
Ich fragte: »Was ist denn hier los?« Man hörte Schüsse.
Und da wurde gesagt: »Da ist 'n Steinbruch, und da kriegen Leute 'n Genickschuß.«
Ich hab' auch durchgeguckt, aber nur so 'n paar Gestalten da gesehn.

Mann

Wir mußten Pferde bewegen in Rußland, und da bin ich mit unserm Leutnant querfeldein geritten und da sahen wir mit'm mal hinter einem Hügel, daß da Leute umgebracht wurden, ziemlich weit entfernt. Also die Exekution.
Ich hab' das gar nicht kapiert so schnell, und dann hat der Leutnant sein Pferd rumgerissen und hat gesagt: »Bloß weg hier, sonst bringen sie uns auch um. Das hast du nicht gesehen.« – Und dann habe ich das später doch noch mal erzählt, und da hat mir das niemand geglaubt.

Molkereimeister 1923

In der »Protzen«-Stellung war ich manchmal in einem Bunker, ein Holzding, acht Leute waren da drin. Da gab es einen – 1942 muß das gewesen sein –, der kam aus dem Baltikum. Dieser Mann erzählte, er hätte Sachen gesehen, die so entsetzlich seien ... Da hätten sie Leute in Gruben gestellt und erschossen. Das sei so entsetzlich gewesen ...
Da weiß ich genau, daß wir dachten: Dieser Mann ist ein

perverses Schwein, der ersinnt Geschichten, wobei ich allerdings ein ungutes Gefühl hatte. Aber die Verdrängungstendenz war so stark: Ich wollte damals nichts wissen. Der Mann trug übrigens alle Zeichen der Verstörung, der wirkte psychopathisch. Das muß man dazu sagen.

Kritiker 1923

Mit einem Truppentransport bin ich im Juni/Juli 42 in Warschau gewesen. Wir haben in einer Schule gelegen und konnten ins Ghetto gucken. Ein Viertel war gerade geräumt worden, und wir sahen, wie lettische SS-Männer die Häuser nach Leuten absuchten, die sich dort noch versteckt hielten. Und da sahen wir, wie einer ein altes Mütterchen aus einem Haus herausholte, auf die Straße, und der erschoß es vor unsern Augen! Beim ersten Schuß war sie noch nicht tot, und beim zweiten auch noch nicht, und wir wurden rebellisch und haben gerufen: »Ihr Schweine, wenn ihr schon schießen wollt, dann geht an die Front!« – In Null Komma nichts war Feldgendarmerie da und räumte das Stockwerk. Ich weiß noch, das gab eine Riesenempörung unter den Landsern, daß die nach dem zweiten Schuß immer noch schrie. Aber wir haben uns damit getröstet, daß das ja Letten gewesen sind. Und an der Front verblaßte die Erinnerung daran allmählich.

Mann 1922

Ich hab' es ganz genau gewußt. Ich war beim Zollgrenzschutz in Polen. August 1942 war das, und ich hatte in Zakopane die Lederkammer, da haben wir mit zwei hübschen Jüdinnen poussiert, das war harmlos. Von einem Schuster namens Blau ließ ich mir Schuhe machen, ein erstklassiger Mann. – Und dann ging das Erschießen los. Das durfte man nicht wissen. Und da kamen welche von der Streife zurück, die sagten: »Du, die haben welche erschossen. Die beiden hübschen Mädchen sind dabei.«

Ich sagte zu dem Blau: »Gehn Sie weg!« Er hätte über die Grenze in die Tschechoslowakei gekonnt.

»Nee, ich brauch' das nicht, die Gestapo läßt bei mir arbeiten. Ich bin hier ja unentbehrlich.«

Zwei Tage später war er weg und kam nie wieder.

In Krakau hab' ich dann die Züge gesehen, da wurde schon gemunkelt: Gasöfen. Ich sag: »Kinder . . .«

Die schrien da in dem Zug nach Wasser. Und eine Frau, die neben mir stand, sagte: »Das haben sie verdient.« Die Tochter hatte gesagt: »Das ist ja furchtbar!« Und da sagte die Mutter: »Das haben sie verdient.«

Kurz darauf kam ich nach Berlin, und die haben mir das nicht geglaubt! »Hans, du fängst jetzt an zu spinnen!« Das waren alles Antifaschisten. Das mit den Gaskammern konnten sie nicht begreifen. Das hatte es noch nie gegeben. Deshalb glaubten sie das nicht. Man hatte immer im Rechtsstaat gelebt, und historisch gab es keine Parallele. Ohne Urteil Leute zu erschießen . . . Ich meine, auch bei Napoleon hat's das nicht gegeben und nicht bei Preußens. Gut, da kam's auch vor, daß Leute erschossen wurden, aber doch immer mit Urteil, und wenn es noch so fadenscheinig war. – Sie haben mir nicht geglaubt, obwohl sie Hitler haßten.

Ich weiß noch, wie das rauskam. Das war beim Mittagessen. Da hat einer was gesagt darüber, daß das 'ne Schweinerei ist. Und da hat der Zollrat gesagt: »Aber meine Herren, wir sind doch beim Essen!«

Es wär nicht gegangen, daß er darauf eingegangen wär. Es waren ein oder zwei Nazis unter uns.

Schriftsteller 1910

In Beuthen, ja natürlich. Die ganzen Juden aus dem Westen, aus Holland und so weiter hat man da gesammelt. In der Synagoge haben sie ihre ganzen Sachen abgeladen. Nach zwei Tagen wurden sie abgeholt, aber die Sachen blieben da. In Waggons wurden sie reingestoppt, mit so kleinen Fenstern. Und das war eine Hitze! »Wasser! Wasser!« riefen sie.

Das hat mir leid getan.

Ich hab' da ein Lokal gehabt.

Auch als sie gesammelt wurden, das hab' ich auch gesehen. Und sie mußten vor der Synagoge knien und zugucken, wie die gebrannt hat. Ich hab' gestaunt. Daß so was überhaupt geht!

Und vor dem Abtransport, hier die Männer, hier die Frauen, und die Kinder extra. Was meinen Sie, wie schrecklich das alles war!

Wenn ich das meiner Schwester erzählte, dann sagte die: »Das wissen wir gar nicht.«

Frauen, die in andern Umständen waren, die haben auf dem Platz entbunden. Wir haben von ferne geguckt, trauten uns da nicht ran. Das Schlimmste, fand ich, war, daß sie die Kinder von den Eltern weggerissen haben. Die haben geschrien!

Wenn ich Ihnen das alles erzählen wollte, ich könnte 'n ganzes Buch vollschreiben.

Da waren Baracken, und da haben sie gewohnt. Und unser Mädchen kam morgens und sagte: »Frau X! Jetzt haben sie wieder einen ganzen Karren voll Leichen auf den Judenfriedhof gefahren!« Oder: »Frau X! Heute hab' ich gesehen, wie sie einen in die Jauchegrube gestoßen haben und hinterher mit'm kalten Wasserstrahl abgespritzt.«

Und was die Polen alles gemacht haben!

Pensionswirtin 1910

Ja. In Langenberg in der Tschechei, da wurden Frauen durchgeführt, die umgebracht werden sollten. Die eine von ihnen, es waren Jüdinnen, die hatte einen Pelz an, die ging ganz forsch vorneweg, die andern waren müde, eine brabbelnde Gruppe war das, und um sie herum Kapos mit zwei Meter langen Stöcken. Und wenn sich eine bückte, kriegte sie welche über.
Im Winter bei Frost war das.

Hausfrau 1923

Nie was gehört. Einmal im Vorbeifahren hab' ich was gesehen. Ich war mit der HJ in Polen, mit einer Musikgruppe, wir musizierten dort für die Neuangesiedelten. Und da sind wir an einer Gruppe von Menschen vorübergefahren, die merkwürdig aussahen. Eingefallene Gesichter, zerlumpte Kleider. Sie standen und warteten auf dem Bahnsteig. Da hatten wir ein Grauen, als wir die sahen. Das sind so Leute, dachten wir . . . Es gab etwas ganz Schreckliches, das ahnte man.

Hausfrau 1926

Konzentrationslager? Ich habe damals nur gehört von einem Schulkameraden, dessen Bruder Leutnant war. Dem wurde Dachau vorgeführt, wie ordentlich und korrekt das da zugeht. Daß die Häftlinge die Aufgabe hätten, alle möglichen Geräte auszuprobieren, das wurde denen auch gesagt, Marschstiefel usw. Da entstand dann der Eindruck, daß es eine höchst angenehme Sache sei, so über den Krieg zu kommen.

Pianist 1925

1942, als ich Rekrut war, hatte ich einen Kameraden aus Lietzmannstadt, jetzt Lodz, sein Vater war Ortsgruppenleiter, und der erzählte ganz lapidar, daß man im Lietzmannstadt-Ghetto aus Juden Seife machte.
Es ist heute unfaßbar, daß man das so einfach zur Kenntnis nahm.

Buchhändler 1925

Wir haben in Lodz gewohnt, und meine Mutter ist jeden Tag mit der Straßenbahn an dem Ghetto vorbeigefahren. Die hat das überhaupt nicht realisiert.

Bibliothekarin

Im Zug hat einer zu mir gesagt: »Da liegt Weimar, dort werden die Juden vergast . . .«

Hausfrau

Daß es eine Vergasung gibt, habe ich auf folgende Weise erfahren. Ich war befreundet mit einem Mädchen, die einen Bekannten hatte, der Arzt war. Der war bei der SS. Die Eitleren waren bei der SS, die andern bei der SA. Es war Krieg, und der Mann, von dem ich hier erzähle, bekommt eine Kommandierung nach Polen in ein Lazarett. So hatte es jedenfalls geheißen. Der fuhr dann mit einem Zug da hin, und plötzlich war die Eisenbahn zu Ende, und da stand eine Wellblechhütte, und da war eine Anlage, und man hat ihm erklärt, daß das eine Vergasungsanlage ist, und er sei als Arzt dafür zuständig. Er war entsetzt. »Wieso?« Da haben die andern von der SS gesagt: »Weltjudentum, das ist doch selbstverständlich, daß das vergast wird.« Daraufhin hat der Mann auf der Hinterhand kehrtgemacht und ist nach Deutschland zurückgefahren. Ihm sei dann zu Hause nichts passiert, jedenfalls nichts, was das Mädchen gewußt hätte.

Von dieser Geschichte abgesehen, die ich 42 erfuhr, habe ich während des Krieges dann nie wieder etwas Ähnliches erfahren.

Germanist 1913

Mit meinem Mann, und zwar im Jahre 42, habe ich mal ein KZ-Lager gesehen, mein Mann machte mich dort darauf aufmerksam. Ich hab' wohl auch mal die Kolonnen gesehen. Und dann hat man sich natürlich immer mehr Gedanken darüber gemacht, wenn das nun schon vier bis fünf Jahre so war, daß das unter Umständen bösere Folgen und bösere Auswirkungen annehmen könnte. Im Laufe des Krieges wurde das ja so vertuscht, und man hatte mit sich selber zu tun, daß man überhaupt über die Runden kam, daß man sich kaum um so etwas positiv gekümmert hat.

Hausfrau 1918

Als ich acht Jahre alt war – ich bin aus Dithmarschen –, kam ein Mann auf Urlaub, und er erzählte, das sei gar nicht so einfach, die Menschen zu sortieren, die Frauen links, die Männer rechts, und die Kinder da drüben hin. Und dann: »Ausziehen! – De Strümp herhen, de Büxen dorhen!« Das sei schwer für ihn, wenn die dann nackend an die Grube treten und bumm! und wenn dann die Kinder kämen und sagten: »Onkel, laß mich doch leben . . .«
Dieser Mann bedauerte sich selbst mehr als die Menschen, die er durch Genickschuß tötete.
Ich hab' das damals als Achtjähriger genau kapiert und jedes Wort behalten. Es war eine Mischung von Sensationsgier und Angst.

Drogist 1934

Von einem Fechtmeister, der war beim SD, von dem wußten wir, daß er immer über die ostpreußische Grenze nach Litauen fuhr. Aber was er da gemacht hat, weiß ich nicht. Das hat er nicht erzählt.

Hausfrau 1926

Ich hatte einen Vetter bei der SS, der hat sich geweigert, Juden zu erschießen. Das war in der Familie bekannt.

Hausfrau 1924

Mein Vater war in der schwarzen SS, und 1942 war er mal sechs Wochen aushilfsweise Arzt in Sachsenhausen. Und als er da wiederkam, da war Feierabend. Das Hitlerbild hing zwar noch da, aber es wurde nicht mehr gesprochen über Nationalsozialismus. Da war er wohl kuriert. Da hat er wohl zuviel gesehn.

Geograph 1928

In Feldafing hab' ich KZler gesehen, am Rande eines großen Parks, einer Wiese, tauchten eines Tages Lastwagen der Firma Hoch-Tief auf, Stacheldraht wurde gezogen und Baracken wurden aufgestellt. Wir dachten: Da kommen Franzosen rein, aber als das fertig war, kamen wieder diese Lastwagen, und die hatten Zuchthäusler an Bord, so wirkte das jedenfalls, sie hatten gestreifte Anzüge und Topfmützen. Sie sprangen runter vom Lastwagen und mußten antreten. »Rechts um!« Na ja, dachte man, in den Zuchthäusern herrscht ein militärisches Regiment. Aber bald haben wir gemerkt, daß die Wachtmeister einen ganz unmenschlichen Ton am Leibe hatten. – Wir erfuhren dann: Das sind politische Häftlinge aus Dachau, was uns aber nicht irritierte.

Der unterirdische Umgangston der Wachtmeister hat uns mehr irritiert als die Häftlinge, das mißfiel uns, das waren Proleten.

Mann

Sie werden lachen: Das erste Mal 1942. Mein Ortsgruppenleiter hat zu mir gesagt: »Und wenn du dich meinen Befehlen nicht unterwirfst, dann werde ich dafür sorgen, daß du im KZ die richtige Einstellung bekommst.« – Da hab' ich meinen Vater gefragt, der war biederer Handwerksmeister, und der hat gesagt: »KZ? Das werden diese Konzertlager sein.«

Bankbeamter 1927

Ich bin Österreicher. Ein alter Invalide, der in unserer Nähe wohnte, der hatte sich aus einer Fabrik, wo so alte Kleidung gesammelt war, fürs Winterhilfswerk was geholt. Gestohlen also. Und die Briefträgerin, die hat das erfahren und hat mit ihm geschimpft: »Wenn ich dich jetzt melde, kommst du ins KZ.«

Ingenieur 1931

Unser Pastor hat im Konfirmandenunterricht das Wort KZ erwähnt, und der ist nicht geholt worden. Das war 1942.

Chemiker 1925

Wir hatten einen Jugendkaplan, der ist verpfiffen worden von einem Klassenkameraden und ist ins KZ gekommen und dort gestorben. Der hatte eine Predigt gehalten und sehr deutlich und massiv zu verstehen gegeben, daß er diese einseitige Beziehung mißbilligt, und dann hatte er 'n bißchen vorausahnend ausgemalt, wie die Sache wohl weitergeht. Der ist in Dachau angeblich an einer Krankheit gestorben. Das ist nachlesbar. Hirschfelder hieß der Mann.

Beamter

In unserm Haus wohnte eine Familie Goldschmidt, im ersten Stock. Im zweiten wohnten Lewins und im dritten Lehmanns. Die waren durch ihren Namen im höchsten Maße verdächtig. Abgeholt wurde ein Fräulein Schmidt. Die war wirklich Jüdin. Es hieß: die muß mal aufs Land. Die kam dann natürlich nie wieder.

Hausfrau

Ja. Man wußte, daß es KZs gab, man wußte auch, daß da Menschen isoliert würden, aber was nachher mit ihnen geschieht, das wußte man nicht. Wir hatten in unserer Gemeinde eine Jüdin, die bei uns zum Glauben gekommen war und die Gemeindemitglied war, genau wie alle andern, die dann geheiratet hat und zwei kleine Kinder hatte, und eines Tages wurde sie abgeholt, sie allein. Der Mann, schon ziemlich alt, blieb mit zwei kleinen Kindern zurück. Der hatte selbst erwachsene Söhne, die draußen an der Front waren, der ist hingegangen und hat das auch geltend gemacht und wollte seine Frau wiederhaben, aber es war alles zwecklos. Auch unsere Gemeinde hat sich eingesetzt. – Wir hörten dann, daß die Frau selbst gesagt hat: »Es ist zwecklos.« Wahrscheinlich war der Abtransport schon beschlossene Sache, und wir haben dann nie wieder was von ihr gehört. Sie war ihm intelligenzmäßig weit überlegen, er war ein einfacher Mann.
Ihr letztes Quartier war in Frankfurt, in der Hammelsgasse. Da war das Gefängnis, das hing mit dem Gericht zusammen.

Das ging alles so schnell, daß eine Intervention schon zeitlich überhaupt nicht mehr möglich gewesen wäre.

Hausfrau 1911

Ich hab' einmal erlebt, sonntags mittags, kurz vor vier, in der Nähe vom Frankfurter Zoo und vom Ostbahnhof, da stand eine ganz große Menschengruppe mit so Bündelchen und Koffern und so, und man sah ja, daß es Juden waren, besonders, wenn sie so massiert dastanden, und man fragte sich: »Was geschieht mit denen?« Man hörte: »Die kommen nach dem Osten.« Aber was das bedeutete, das war uns natürlich überhaupt nicht klar. Man wußte von den KZs eben nur, daß dort Kriminelle erfaßt waren, aber was mit ihnen geschah, das wußte man nicht.

Und die ganze Geheimhaltung – wir wissen ja heute ganz genau, daß man nicht die Möglichkeit hatte, nachzuforschen: Was ist nun mit dem und dem Menschen? Man war ja so sehr mit seinem eigenen Überleben beschäftigt in den Bombennächten, daß man im Grunde genommen überhaupt keine Kräfte freisetzen konnte für andere Schicksale. Das hört sich brutal an, gell, aber man ist ja morgens aufgewacht und hat gedacht: »Gott sei Dank, du bist noch mal davongekommen«, und abends, desto später es wurde, mit desto mehr Angst ist man ins Bett gegangen.

Hausfrau 1914

Daß es KZs gab, haben wir erfahren, als es mit den Russen losging, 1941, und da haben wir erfahren . . . da ging es los mit dem Judenstern, und da wußte ich nachdem Bescheid. Sie bekamen eine kleine Zeit, sie sollten ihre Grundstücke verschenken oder was, das Geld abliefern. Das waren so Verordnungen für die Juden. Die wurden, möchte ich sagen, so gut und gerne ein bißchen ausgeplündert. Wir haben uns

aber nicht dafür interessiert, und mein Vater sagte, daß die machen, was sie wollen: »Steck deine Nase da nicht hinein, das hat keinen Wert, wir sind keine Politiker, wir machen unsere Pflicht, wir haben auch genug zu tun.« – »Hast auch vollkommen recht, ich denke nicht daran.«
Mein Vater, der hatte schon mehr gehört von den KZ-Lagern und was da passiert ist. Aber das sickerte so durch, stillschweigend. Dann bekamen wir davon auch allmählich Gehör, und da wurden die Bauern, die noch glaubten an Adolf, da wurden die hellhörig und da schrien die »Gebt uns bloß unsern Wilhelm wieder!«.

Landwirt 1896

Bei den Kammerspielen in der Nähe, da war 'ne Schule, da wurden die Transporte zusammengestellt. Dort wurden auch die Judensterne verteilt.
Das waren die streng gläubigen Juden. Und die mußten sie sich selbst annähen.

Mann 1909

Ich weiß, daß mir das sehr peinlich war, wenn da einer mit'm Judenstern ging. Man wollte nichts davon wissen und sehen. Ich fuhr da mit'm Fahrrad und sah da einen gehn. Man hatte keine feste Wertskala, wußte nicht, was man damit anfangen sollte. Ich wußte nichts Genaues. Juden, das ist nichts, die werden diffamiert. Aber von zu Hause wurde ich erzogen, daß man Menschen zu achten hat.
Ich wußte ja nicht, was der dadurch auszustehen hat, daß er so ausgezeichnet war. Kräftiger in die Pedale treten und weggucken. Ich hätte das damals nicht so formulieren können. Ein verschwommenes Menschheitsgefühl.

Lehrer 1928

Ich meine, daß ich nichts davon gehört hätte.
Allerdings Juden in Berlin. Winter 1942, mit dem gelben Stern. Die waren in einem bestimmten Stadtteil mehr als in anderen Stadtteilen.
Das hat man gesehen, aber man hat es doch wohl nicht so gesehen.

Praktischer Arzt 1922

Ich war sechs Jahre alt, 1942, da wurden meine Spielgefährten, das waren jüdische Kinder, eines Tages weggeholt, die ganze Familie, weinend mit sehr wenig Kleidungsstücken. Und wir fragten: »Wo fahren die hin?« Und da sagten meine Eltern: »Die fahren in ihr gelobtes Land.« – »Warum weinen die denn?« – »Weil sie uns nie wieder sehen werden.« – »Warum nicht?« – »Die fahren sehr weit weg.«
Meine Eltern müssen es also gewußt haben, obwohl mein Vater ein alter Nazi war, sprach er das in dieser Weise aus.
Etwas später wurde uns die Rille am Fahrtenmesser erklärt: Da soll das Judenblut runterlaufen. Nicht wahr? So war das.

Professor 1936

Natürlich, da hat man schon was mitgekriegt. Kindergespräch: Wir wußten, daß da Ansammlungen von Häftlingen waren und daß die Furchtbares durchmachen müssen. Und da haben wir uns gedacht, die müssen die neuen, harten Kommisstiefel einlaufen, damit die deutschen Soldaten schöne weiche Stiefel hätten. Das haben wir uns so ausgedacht.

Kaufmann 1931

Kann ich nicht sagen. Nichts. 1942 war ich am Funkmeßgerät bei der Flak. Da wurde gesagt, in Kiel-Hassee sei ein KZ. Aber ich habe es nie gesehen. Und das wurde auch nicht wertend gesagt, weder empört noch mitleidsvoll.
»Arbeitslager« wurde gesagt.

Lehrer 1921

Ich wohnte in der Kaiser-Wilhelm-Straße, und in der Rosenstraße war das jüdische Gemeindehaus, und da wurden die Juden hinbestellt und abgefahren mit Lastwagen. »Die kommen in ein Arbeitslager«, hieß es.
Am Rosenthalerplatz war ein ehemaliges Kaufhaus, das war dann plötzlich voll jüdischer Möbel, die wurden für wenig Geld an Leute verkauft, die einen Bezugsschein hatten. Als Junge hab' ich gedacht: Wieso? Wo kommen die Möbel her? Wo sind die Leute? Aber weiter hat man auch nicht über die Sache nachgedacht.
Am Rosenthalerplatz war das.

Regisseur 1927

Im Hafen lag ein Motorsegler mit gebrauchten Möbeln und, wenn ich mich nicht irre, auch mit Radios. Wir Jungen standen am Kai und sahen uns das an. Irgendwie war von Holland die Rede.
Später, als wir beim Russen unsere Radioapparate abgeben mußten, hab' ich dran denken müssen.

Apotheker 1929

6.

Ich wußte es! Ich habe in Berlin studiert, und wenn man die Augen aufmachte, dann merkte man das. Ich hab' auch versucht, das den Leuten im Keller beizubringen, ohne daß sie was merkten.

Hausfrau

Richtig nicht. Aber ich erinnere mich an ein Gespräch, das ich als Kind mit angehört habe. Ein Gutsbesitzer hat Strafgefangene als Arbeiter gehabt, mit Glatze, daß er denen besseres Essen gegeben hat und daß dann die SS gekommen wär, und da habe er das nicht mehr gekonnt.

Beamter

Ein Pfarrer, der merkwürdigerweise zur SS eingezogen worden war. Der hatte ein Auge verloren. Der deutete manchmal solche Sachen an.

Angestellte

Mein Großvater war konservativ, der sagte: »Nee, das geht zu weit.«

Bankbeamter 1920

1943 gab es einen furchtbaren Familienkrach. Ich hatte einen Onkel, Jurist, aus altem Schrot und Korn, deutschnational bis in die Knochen, der uns gegenüber – ich war in Uniform – sagte, daß Hitler ein Verbrecher sei. Mein Vater regte sich furchtbar auf, und es war kurz davor, daß ich zum Bannführer ging.

Studienrat 1928

Wenn ich mich abends ins Bett gelegt habe, dann hab' ich manches Mal gesagt: »Menschenskind, jetzt hast du mit zehn bis zwölf Leuten ziemlich offen gesprochen . . .« Aber unsere Leute haben doch ziemlich dichtgehalten.

Druckereibesitzer 1893

Ich ging mit zwei Mitschülern über die Wallanlagen, und da sagt der eine zu dem andern: »Hitler, dieser Anstreicher!«
Da sagt der andere ganz ruhig: »Ich zeig' dich an.«
Das hat er aber nicht getan. Immerhin, einem war plötzlich ganz eisig.

Angestellter 1928

Ich bin SS-Mann gewesen und trotzdem hab' ich nie ein KZ gesehen.
Ich hatte einen Funktruppführer, der ist Totenkopf-Führer gewesen. Der muß was davon gewußt haben, aber selbst von dem hab' ich nichts gehört.
1943 muß das gewesen sein, da hatten wir eine Party und da war eine Vierteljüdin. Der hab' ich wortreich erklärt, daß es zwar nicht schön sei, was sie mit den Juden machen, daß die unterdrückt werden usw., aber sie müsse doch einsehen,

wenn ein ganzes Volk das tut oder das will, dann muß eben die betreffende Minderheit darunter leiden und das aushalten.
Man merkte gar nicht, wie unmenschlich man war.

Lehrer 1925

Ein Schulkamerad, der hieß Schiffner, der war beim Militär. Und eines Tages seh' ich ihn im Café sitzen, und zwar in Zivil. Ich sagte: »Na, auf Urlaub?«, und da wurde der ganz verlegen und hat das irgendwie ausgedrückt, daß er nicht mehr beim Militär ist, weil er Halbjude ist. Also »wehrunwürdig«, wie das ausgedrückt wurde. Man hat da nicht weiter nachgefragt, und er hat auch nichts weiter davon gesagt. Merkwürdig kam einem vor, daß er sehr blond war und absolut arisch aussah. Nur der Name ist ja wohl jüdisch. – Man hat nicht mehr davon gesprochen, aber man wußte, da ist was nicht in Ordnung.

Journalist

Ich war Leutnant zur See. Unser Flottillenchef hat mal gesagt: »Die sperren all die Juden ein.«
Als ich auf Urlaub war, hat mich meine Mutter mal gebeten, ich sollte auf die Gestapo gehen und mich nach meinem Onkel erkundigen, wo der abgeblieben ist, der war Pole.
Die schmissen mich sofort raus. Keine Antwort, einfach: raus!

Schuldirektor

Mein Vater hatte mal Schwierigkeiten. Er war angezeigt worden. Vergehen gegen das »Heimtücke-Gesetz«. Wir gingen zu einem Anwalt, der uns empfohlen worden war,

für politische Sachen, was ja gar nicht so einfach war. Man wußte ja nie: Auf welcher Seite steht der denn nun? Und der sagte zu meiner Mutter: »Wir müssen erreichen, daß Ihr Mann zu acht bis zehn Monaten Gefängnis verurteilt wird. Wenn er nämlich freigesprochen wird – die Gestapo ist an ihm interessiert –, dann kommt er ins KZ.«
»Das ist ja 'n schöner Anwalt«, sagte meine Mutter, »der bringt Vater ins Gefängnis . . .« Aber gut war es, denn so saß er die Monate ab und konnte dann nach Hause gehen.

Angestellte

Ein Bekannter meines Vaters, ein Rechtsanwalt, der hat sich nur dadurch vor dem KZ retten können, daß er sich rasch freiwillig zum Militär gemeldet hat. Da unterstand er der Militärgerichtsbarkeit, da konnten die Nazis nicht an ihn ran.
Das ging um Sekunden.

Lehrer

1943 ist mein Freund abgeholt worden von der Gestapo. Der hatte in der Fritsch-Affäre aussagen müssen, 1941 hatte er zu mir gesagt: »Hier bei den Soldaten finden sie mich nicht mehr.« Das war so ein halber Zuhälter. Als er mal was getrunken hatte, hat er mal was erzählt. Das war ein gekaufter Zeuge, und der wurde dann 1943 doch abgeholt, und der kam nicht wieder.

Mann 1921

Nach meiner zweiten Verwundung kam ich vierzehn Tage auf Genesungsurlaub. Gleich am ersten Abend hatte ich eine Auseinandersetzung mit dem hiesigen Ortsgruppen-

leiter der NSDAP. Er wollte, daß mein Vater in dieser Nacht zum Feuerwehreinsatz sollte, obgleich er schon drei Nächte hintereinander in Hamburg zum Löschen gewesen war. Ich sah das nicht ein, worauf er drohte, auch ein Feldwebel könnte ins KZ kommen, und er würde meiner Truppe Nachricht geben.
Daraufhin erklärte ich ihm: »Unsere Truppe hält sowieso nichts mehr vom Krieg.« Das war 1943. Als ich dann später wieder bei meiner Truppe eintraf, lag tatsächlich ein Bericht vor. Jedoch mein Kompanieführer hat ihn weggeschmissen.

Ingenieur 1920

Man hat mal gesehen, als die Bombenangriffe waren, da hat man die gestreiften, kahlgeschorenen Gestalten mal gesehen. Die wurden zum Bombenräumen eingesetzt. Hinter der Hand hieß es dann – wie bei unheilbaren Kranken –, der wird nie wieder was werden. Aber eine Vorstellung, was das bedeutete, hatte ich nicht.

Beamter 1929

Nach der Ausbombung wurde hie und da von »Dachau« gesprochen. Es sollte irgendwo bei München liegen. In diesem KZ würden alle BBC-Schwarzhörer gesammelt. Ich hatte damals als Hochbau-Technikerin so unglaublich viel mit dem Aufbau der teilzerstörten Reichsbahn-Direktion Hamburg zu tun, daß ich von anderen Dingen so gut wie nichts bemerkte.
Außerdem fehlte mir auch ein Radio. Wenn ich einen Apparat gehabt hätte, wer weiß . . .

Angestellte 1921

Nach einem Fliegerangriff soll der Kreisleiter gefangene Amerikaner in einen vollgelaufenen Bombentrichter geschubst haben. Das wurde erzählt, und man war empört darüber.
Später ist dieser Mann deswegen hingerichtet worden.

Hausfrau

Ich war 1943 in Belsen als Soldat, und da war ja das KZ, und wir auf dem Truppenübungsplatz haben nichts davon gewußt.

Studienrat 1926

Ja, gesehen in freier Luft, beim Arbeiten. In Weimar. »Das sind einerseits Kriminelle«, hat man gedacht, »oder andererseits sind's Kommunisten.«
Daß Juden abtransportiert wurden, das wußte man ja.
Die Russen später wollten uns gar nicht glauben, daß wir so ahnungslos sind. Die hielten uns für besonders durchtrieben. – Ich war sehr naiv. Ich würde heute noch alles glauben.

Vertreter

Nein, ich habe nichts gemerkt.
Als Zwangsverpflichtete habe ich eine Küche geleitet, und da hatte ich Ostarbeiterinnen unter mir, und da hab' ich bei einem Trödler Sachen gekauft und ihnen gegeben. Diese Ostarbeiterinnen erzählten, sie seien auf der Straße aufgegriffen und nach Deutschland geschickt worden.
Am Freihafen war so ein Trödler. Bei dem lagen haufenweise Schuhe und Kleider.
Das fiel mir auf: »Wo kommt denn das her?« hab' ich ge-

fragt, weil es doch sonst nichts gab. – »Das kommt aus Neuengamme.« Aber was das war und wie es da war, das hab' ich nicht gewußt.

Frau

In Stettin hab' ich am Hafen Polizisten gesehen, die hatten da irgendwelche Leute. Und diese Leute hatten komischerweise alle Halstücher wie englische Fahne um den Hals. Ich weiß auch nicht, was das sollte.

Kfm. Angestellte 1923

Im Krieg, 1943, bei einem Besuch in München, da hab' ich einen Turnfreund gesehen, und der hat mir erzählt, daß er in Dachau als Aufsichtsperson . . . Der war zur SS eingezogen worden, nicht freiwillig, das muß es damals auch gegeben haben. Ich habe nie einen Menschen gesehen, der sich so verändert hat. Das konntest du dem am Gesicht ansehen, was das war. Ich habe aber nicht gewußt, daß Dachau ein KZ war, ich dachte, das ist ein Lager für Verbrecher.
Er hat erzählt, daß es dort so grausam wär, wenn er mal Ausgang hätte und aus dem Lager rauskäm, hätt' er das Gefühl, als lebte er gar nicht mehr. Die konnten sich das Leben draußen nicht mehr vorstellen. Die waren so fertig von dem, was sie da mit angesehen haben. Das war furchtbar. Aber direkt erzählt hat er nichts.

Hausfrau 1923

Ich hatte bei den Soldaten einen Kameraden, der stammte aus Weimar, der kam vom Urlaub zurück. Sein Bruder war Aufseher in Buchenwald. Das sei ein Konzentrationslager, sagte er, in das sie alle diejenigen steckten, die gegen unsern Staat seien. Die Häftlinge kämen mit Bahnwaggons an, und

dann würden sie ins Lager getrieben, und zu beiden Seiten stünden SS-Männer und schlügen auf sie ein, damit sie schneller ins Lager liefen. Er hätte auch mit eingedroschen – sein Bruder hatte ihn wohl ins Lager mitgenommen –, denn die hätten das ja auch verdient.
Da haben alle Landser, die da anwesend waren bei dieser Unterhaltung, gesagt, er sei ein großer Schweinehund, ob er sich nicht schämt, auf wehrlose Menschen einzuschlagen.

Jurist 1921

Im Krieg wohnten wir in Heilbronn. Und oben, in der Mansarde, wohnte ein Ehepaar mit einem Sohn, und der Mann war Feldjäger und der kam eines Tages auf Urlaub und schien meinem Vater erzählt zu haben, was da los war in der Ukraine und in Polen. Er tat so, als sei er mit den Nerven herunter.
Mein Vater hielt sich mit der Ansicht hoch, daß man hart sein müsse, durchhalten und so weiter. Und als der Feldjäger wieder nach Polen mußte, waren sie völlig besoffen, und mein Vater trommelte ihm im Takt auf die Schenkel und sang dazu irgendwelche Lieder.

Redakteur 1923

Gesehen nicht, gehört habe ich einmal was. 1943 muß das gewesen sein, da hat in einem Urlauberzug einer erzählt, daß da in Rußland viele Juden umgebracht worden sind. Er habe das nicht selbst gesehen, nur gehört. Man hätte die zu Tausenden erschossen, und das wollte natürlich keiner glauben, und man hat ihm vorgeworfen: »Das hast du ja nicht selbst gesehn.«

Vertreter 1920

Im Osten hab' ich davon gehört. »Hast du das selbst gesehen?« hab' ich jedesmal gefragt. – »Nein.« – »Dann glaub' ich das nicht.«

Beamter 1920

Ich kam öfter mal nach Paris, da sah ich Plakate an den Häuserwänden, auf denen stand, daß wegen der Ermordung deutscher Soldaten soundso viele Geiseln erschossen worden seien.
»Wo nehmen sie denn die her?« hab' ich gefragt.
Das waren Leute, die irgendwie aufgefallen waren und sowieso schon saßen, die haben sie dann erschossen.
Das war aber den Widerstandskämpfern bekannt, daß das passieren würde. Darum haben sie sich nicht gekümmert. Denen war der Tod unschuldiger Menschen an und für sich doch vollkommen egal.

Komparse

Man ahnte es. 1943 war ich in Wien, da gab es noch einige wenige Juden, die mußten vom Bürgersteig runter und einen Bückling machen vor uns, das Gesicht zur Erde gewandt.
Wir Landser sagten manchmal: »Ich reiß dir den Arsch auf bis zur *Vergasung*.« Kann sein, daß dieser Ausdruck aus dem Ersten Weltkrieg kam. Kann aber auch sein, daß das wegen der Judensache gesagt wurde.
Einmal war ein Gerücht: Die kommen nach Polen, da soll ein neuer Staat gegründet werden. Da vermischte sich wohl etwas mit der Zionistengeschichte. Das war einem gar nicht klar: So viele Juden, das ging ja gar nicht.

Journalist 1923

Meine Frau hat das so an einem Zipfel mitbekommen. Ihr Vater war in Prag bei der Reichsbahn, und die Transporte gingen über Prag, die Transporte mit den Juden. Und da hat sie mal einen Transport gesehen.

Lehrer 1930

Man hat manchmal auf den Bahnhöfen Züge gesehen, Waggons mit Schlitzen. Da konnte man Menschenköpfe sehen. Man hat's gesehen, es hat einen geschauert.

Hausfrau 1925

Deportationszüge hab' ich wiederholt gesehen, die waren streng bewacht. »Da ist wieder so ein geheimnisvoller Zug«, dachte man, »wo mag der hingehen?«
Das waren Viehwagen. Juden aus Holland, 1943/44. Ich war bei der Eisenbahnflak, wir wurden überall angehängt, gegen die Flieger.

Polizist

Nein. Aber 1943 hab' ich einen Offizier gesprochen, der mit einem Polen gesprochen hat, der einen Judentransport begleitet hat, die mehr oder weniger im Schneesturm ausgeladen wurden, auf freiem Acker.

Tischler

Einen Gefangenentransport habe ich mal beobachtet, in Rußland, wo die Wache mit zwei Meter langen Knüppels zwischengehauen hat. Als Landser hab' ich das gesehen.
Aber was die Amerikaner heutzutage machen, ist ja weitaus schlimmer.

Bauer 1923

Nein. Allerdings habe ich gesehen, wie russische Kriegsgefangene von ihren eigenen Leuten, von Kosaken, mit langen Nagaikas geschlagen wurden, und das geschah ja immerhin mit deutschem Einverständnis.
Man hat das kurz wahrgenommen und hat es gleich wieder vergessen. Nicht verdrängt, sondern vergessen, regelrecht. Man hatte ja andere Gegner damals, im Osten, schlecht zu essen und so weiter . . .

Buchhändler

Ich kam aus Rußland, und da lagen wir in Oranienburg, das war vielleicht eine Panne – da haben wir mal einen Zug gesehen. Aber genau gewußt, was da los war, haben wir nicht.

Mann 1921

Nur eine Sache, ich hab' das aufgeschrieben. Als ich von Reval 1943 auf Urlaub fuhr, kam ich durch Riga, da hatte ich Aufenthalt, und ich dachte: Nutze die Zeit, und da ging ich zur Durchlausung, und da empfingen mich zwei hübsche Jüdinnen, die da die Entlausungen machten, und mit denen konnte ich mich unterhalten, weil ich ganz allein war, und da hab' ich alles gehört. Die haben mir alles erzählt, eine ganze Nacht.

Prokurist 1916

Nur nachher, zum Schluß, auf der Krim, da sickerte was durch, in Simforopol, als wir da in Quartier lagen: Da haben sie alle Juden, in einer Blitzaktion, nachts rausgeholt und in Panzergräben erschossen. Das sickerte so durch. Aber direkt gesehn, nie.

Buchhändler 1910

Nein. Nur während der Soldatenzeit in Polen. Da hab' ich was gesehen, was mir sehr gestunken hat. Da lagen in Radom tote Kinder in den Gärten herum, ich hab' sogar ein Gehirn da liegen gesehen.
Das war, wie die Ghettos ausgeräumt wurden. Ich glaube, das war 1943.

Lehrer 1915

Wie ich 1943 nach Hohensalza verlegt wurde mit der Einheit, ich war damals Batterieführer, und auf unserem Kasernenbereich war gleichzeitig das Lager der Heeresstandortverwaltung, mußten in diesem Lager KZler arbeiten. Und das KZ war unmittelbar in der Nähe der Kaserne, so daß man vom dritten Stock, also vom Boden, vom Lukenfenster aus, von oben reingucken konnte; wir haben es bloß einmal gemacht, weil wir so erschüttert waren, was da passierte. Es knallte, ab und zu hörte man Schüsse fallen, auch im Kasernenbereich. Dann hieß es, da haben sie wieder mal einen umgelegt.

Bauer 1913

Ich bin in der glücklichen Lage, nie was mit Hitler zu tun gehabt zu haben. Durch Erziehung und durch Umwelteinfluß bin ich vor diesem Irrweg bewahrt geblieben. Die Allgemeinheit hat natürlich gewußt, doch wollte man es nicht wissen.
Daß etwas existierte, wußte jeder.
Einen Fall habe ich selbst erlebt. Ich war in der Ortskommandantur und sprach mit dem Schreiber, und da kam eine kleine Frau rein, war ganz fröhlich, trippelte so von einem Fuß auf den andern, eine Polin war das, und als sie rausging, sagte der Schreiber zu mir: »Die weiß noch gar nicht, daß sie morgen erschossen wird.«

Das ist es, was mich ein ganzes Leben begleitet hat. Ich war dann im Krieg Kompanieführer. Meine Leute haben ganz genau gewußt, wie ich denke.

Landwirt

Wir wohnten vier Jahre in Polen. Mein Mann hat in Auschwitz Juden inspizieren müssen, die zu vier Mann in einem Zimmer wohnten, vollkommen mit Läusen infiziert. Er sollte da nach Devisen suchen und Wertsachen. Er hat das sehr schwer ertragen. Er hat mir gesagt: »Wenn wir das überstehen, diesen Krieg, dann können wir froh sein, wenn wir mit dem nackten Leben davonkommen.«

Frau 1918

Natürlich Auschwitz. Ich bin dringewesen, hab' alles gesehen. Die haben sie ja auf alle möglichen Arten totgemacht. In'n Keller gesteckt und den Keller voll Wasser laufen lassen. Zuerst bis hier, dann bis hier, und dann gurgelten sie und weg waren sie. Das hätte Adolf nicht machen sollen. Ordentlich anpumpen die Juden, bis nichts mehr da ist, aber keinen einzigen »kalt«machen.
Als SS-Mann kam man ja notgedrungen mit so was in Berührung.

Nachtportier

Ja. Ende 43 bin ich mit einem Mann zusammengewesen, der Erschießungen mit angesehen hat und mir davon berichtete. Der Mann war Waffeningenieur. Er hatte in Krakau Kontakt gehabt mit einem SS-Offizier und ist dort mal eingeladen gewesen zu einem Ball, wo überwiegend SS-Offiziere anwesend waren. Da wurde getanzt und gesoffen, und

im Morgengrauen setzten sie sich alle in Autos und fuhren vor die Stadt. Alle, auch die Frauen im Ballkleid. Und da standen Juden und hatten Gruben ausgehoben und standen am Grubenrand und wurden erschossen, fielen hinein in die Grube und dann die nächsten. Das wurde da also vorgeführt als Attraktion. Der Mann erzählte mir das damals zitternd und flüsternd, so als ob er selbst einen Mord begangen hätte.
Deutlich ist mir an der Schilderung noch in Erinnerung, daß dieses Mitansehen der Erschießungen wie eine letzte Steigerung des Festes wirken sollte. Dieser Kitzel.
Noch heute wundere ich mich, daß das nicht bekanntgeworden ist. Denn diese eine Sache hätte ja genügt. So was muß sich doch rumsprechen.

Dozent 1925

Von meinem Großvater hab' ich damals gehört, daß sie Leute mit Salz gefüttert haben. In KZs würden sie mit Salz gefüttert, hieß es, eßlöffelweise, sie müßten antreten, und dann bekäm jeder einen Eßlöffel Salz.
Da ich bei der Kriegsmarine war und wir jeden Tag antreten mußten zum Lebertranempfang, da hab' ich immer gedacht, wie unerträglich muß das sein, Salz essen zu müssen . . .

Spediteur

Ja. Peter Igelhoff, der war doch im KZ, und wir jungen Dinger hörten das damals und haben gesagt: »Oh, das muß ja fein sein im KZ, da sitzen all diese guten Leute . . .« Wie wir jungen Dinger eben damals waren.

Angestellte

Ich ging mit meinem Großvater an der ausgebrannten Synagoge vorbei, das muß 1943 gewesen sein, und ich war vierzehn Jahre alt. Da fragte mein Großvater: »Wo mögen bloß all die Juden sein?«
Da sagte ich: »Im Himmel, Großvater.«
Daß ich das gesagt habe, war mehr instinktiv, denn Genaueres wußte ich mit Bestimmtheit nicht.

Lebensmittelhändler

Den Begriff KZ kannte man damals nicht, man sprach vom »Lager«.
Nun war ja damals der Austausch von Gedanken so, daß ja doch bei jedem die Furcht dazwischenstand. Wenn man mit Menschen zusammenkam, die wußten nicht, wie man dachte.
Ich habe in unserer Firma viel mit ehemaligen SPDlern und Gewerkschaftlern zu tun gehabt, und da war eine Atmosphäre des Vertrauens, die hatten dann aber auch Gegner im Betrieb, Nazis, und dann wurde alles 'n bißchen schlechter im Austausch der Gedanken.
Daß Juden verschwanden, davon hatte man gehört, aber man wußte nicht, wohin.
Ein Mann, den wir übernommen hatten von einer andern Firma, der dort entlassen worden war, weil seine Frau Halbjüdin war, und der dann bei uns eingestellt wurde, der sagte mir, sein Schwiegervater sei nach Theresienstadt abgeschoben worden, der dann ja wohl ein Volljude gewesen sein muß. Über den weiteren Verbleib dieses Mannes kann ich auch nichts mehr sagen.
Man dachte immer noch, daß es vielleicht so etwas sei wie im Ersten Weltkrieg die Internierungslager. Welche teuflische Absicht dahintersteckte, konnte man nicht wissen. Von Theresienstadt hab' ich also gehört, das war frühestens 1943.

Von dem ganzen Umfang des Lagerunglücks und der Vernichtungsmaschinen hab' ich erst nach dem Kriege gehört. Da war man dann geneigt, das für Erfindung zu halten. Obwohl man viel wußte von den Schandtaten des Dritten Reiches, war man denn doch überrascht, daß so etwas geschehen konnte.

Unternehmer 1893

7.

Ja. Als Einrichtung nicht, aber von den Insassen, die in Osnabrück Trümmer beseitigten. Da sah man die ausgemergelten, grauen Gestalten, bewacht von Leuten, die uns Schrecken und Furcht einjagten. Man wußte: Das sind schlecht behandelte Menschen. Daß die viel auszuhalten hatten. Es wurde die Devise verbreitet, daß das der Abschaum der Menschheit sei, von den maßgebenden Leuten.

Ich habe auch Leute beobachtet, die versuchten, diesen Menschen was zukommen zu lassen. Das konnte man sehen, Brot und Zigaretten.

Hausfrau

Ich arbeitete im Kriegshilfsdienst als Straßenbahnschaffnerin. Da mußten wir mal einen Waggon freihalten für Häftlinge, die Schnee schippen sollten. Die kamen kaum die Treppe rauf, so schwach waren sie. Und das stank! Den Gestank kriegte man überhaupt nicht mehr raus. Nach Pissoir stank das.

Frau 1926

Ich habe eine Erinnerung, aber auch wirklich nur die eine. Ich bin in Danzig gewesen, in einem Konstruktionsbüro,

1944, im Sommer. Da hab' ich, wenn ich morgens durch das Tor der Fabrik kam, gesehen, daß zur gleichen Zeit die Frauen von Stuthof oder Struthof zur Arbeit getrieben wurden, im wahrsten Sinne des Wortes. (Das war 'ne Werft oder so was.) Die gingen in Dreierreihen, vielleicht hundert oder hundertfünfzig, begleitet von SS-Frauen in schwarzem Kostüm, mit 'ner Peitsche in der Hand, Stiefel an. Und die trieben diese armseligen Frauen an. Jeden Morgen. Das waren polnische Jüdinnen. Diese verhärmten, elenden Frauen. Die Peitsche haben sie nicht benutzt. Die Frauen waren so stumpfsinnig, die brauchten sie nicht zu benutzen.
Man hat gedacht: Das ist das Überbleibsel aus den besetzten Gebieten. Und *wir* mußten ja *auch* arbeiten. Mehr als Mitleid empfinden, war nicht drin.
Ich war damals 23 Jahre alt.

Frau

Uns geht's schlecht, hieß es, und die sind schuld daran.

Beamter 1920

Im Hydrierwerk Stettin hab' ich welche gesehen, etwa tausend waren das, die gingen grade zur Arbeit.
Wenn das Werk kaputt war, wurden die eingesetzt. Das war immer ein Wechsel zwischen Kaputtgehen und Heilmachen. Produziert wurde kaum was.
Die räumten da auf.

Studienrat

In Polen haben wir mal eine Fabrik besichtigt, Drohobitsch, westlich von Lemberg, 1944. Vorzeige-Häftlinge waren das, gut genährt. – Das waren Juden.

Kameramann

In Neubrandenburg war eine Firma, die Bombenabwurfgeräte herstellte, und in dieser Firma arbeiteten KZler, das waren KZ-Frauen, Polinnen, gut aussehende Leute, Damen. Das SS-Aufsichtspersonal waren Weiber, widerwärtig. Ich bin in vollster Empörung da rausgegangen.

Kaufmann

Zuerst hab' ich davon gehört von Klassenkameraden, die bei der SS waren und auf Urlaub kamen und Andeutungen machten. Wenn man ein bißchen Phantasie hatte, konnte man sich einen Reim darauf machen. »Wenn der Krieg zu Ende ist, wird es keinen Juden mehr geben. Die werden alle umgebracht.«
In Wien war ich auf der Luftwaffenschule. Ich arbeitete 'ne Zeitlang auf einem Flugplatz, da sollte eine neue Startbahn gebaut werden für Düsenjäger, und da sah ich eines Morgens einen riesigen Güterzug, und da guckten furchtbar viele Leute raus. Und da fuhr ein Lastwagen vorbei, und da wurde immer was rausgeschmissen aus den Waggons, das waren Leichen.
Im November 1944 muß das gewesen sein.
Es waren Juden, die sie gerade in Ungarn zusammengetrieben hatten, die sollten den Flugplatz ausbauen.
Später haben sie dann in Baracken gewohnt und zogen jeden Morgen zum Flugplatz. Man war entsetzt und erschüttert. An sich hatte man ja nichts damit zu tun, aber man war entsetzt. Diese lange Reihe von Elendsgestalten, der Rabbi vorneweg, mit langen Locken, der opferte sich anscheinend auf.
Als wir das sahen, glaubten wir nicht mehr an den Endsieg. Wenn wir vorher bereit gewesen waren, für Führer und Vaterland zu sterben, dann haben wir uns jetzt ganz bewußt gedrückt.
Ich hatte einmal Wache, da zog wieder so eine Kolonne vor-

bei. Da kam ein Mädchen, das wollte denen Brot hingeben. Aber ein Wachtposten, so ein alter Volkssturmmann, der mußte das Mädchen daran hindern, und das Mädchen fing an zu schimpfen, fürchterlich. Ich hätte da eigentlich einschreiten müssen.
Die Welt, in der man gelebt hatte, war gestört. Alles, was man uns gesagt hatte, stimmte nicht mehr. – Meine Kameraden sahen das nicht so. Später, wenn ich sie traf, dann sagten sie: »Ja, da war ja was, aber richtig aufgenommen haben wir das nicht.«
Ich war damals neunzehn. Ein völlig unreifer Junge. Die heile Welt, in der wir gelebt hatten, war kaputt.

Kunsterzieher 1925

In Osterode bin ich mit einem Klassenkameraden in einem Gebiet gewesen, was eigentlich gesperrt war. Das war ein Steinbruch, und er war der Sohn des Besitzers. Die Häftlinge sollten ein unterirdisches Hydrierwerk anlegen. Und ich habe gesehen, wie die Kapos mit Knüppeln dazwischenschlugen.

Pastor 1928

Als ich acht, neun Jahre alt war, bin ich nach Auschwitz gekommen, weil mein Vater dort dienstverpflichtet war. Wir haben in dem Ort gewohnt. Hab' aber keinen Kontakt gehabt mit den Häftlingen, das wurde von mir abgehalten.
Aber einmal: Die Häftlinge wurden morgens in kleinen Trupps zum Werk geführt, von SS, und da hab' ich einmal beobachtet, wie Kapos auf Häftlinge eingeschlagen haben, weil sie einen Essenkübel fallen ließen.
Sonst hab' ich davon nichts gewußt, weil meine Eltern mich davon ferngehalten haben.

Graphikerin 1936

An unserer Kaserne wankte eine Kolonne von Häftlingen vorbei, von vielen Posten bewacht, mit Schäferhunden. Tausend Leute waren das, vom Bahnhof zu den Horchwerken wurden sie gebracht. Wir dachten, das wären Zuchthäusler.

Kraftfahrzeugtechniker

Wir haben Arbeitskolonnen gesehen, die zu irgendwelchen Arbeiten da bei uns vorbeizogen, in einem ganz jämmerlichen Zustand, abgemagert und in schlechten Klamotten, Judenstern usw. Da hab' ich das erste Mal erfahren, daß es KZs gab. Weiter könnte ich mich eigentlich nicht erinnern, also von Vergasung usw. hat man nie gehört.

Bauer 1913

Ich habe gegen Ende des Krieges KZ-Häftlinge beim Einsatz in einem Industriebetrieb gesehen. Das war das einzige Mal. Man wußte kaum etwas.
Das waren Juden, vorwiegend, die waren mehr oder weniger unterernährt. Es war verboten, denen etwas zu essen zu geben. Ich weiß aber, daß die, wenn möglich, etwas zugesteckt bekamen. Das war außerordentlich schwierig, man riskierte, daß man von der Bildfläche verschwand.
Man hatte das Empfinden, da geschieht etwas, was nicht ganz in Ordnung ist, aber dann ging der Vorhang zu.

Ingenieur 1916

Ja, habe ich, in Rechlin. Das waren Frauen, die wurden unter Bewachung an unserer Einheit vorbeigeführt, jüngere Frauen, ich hab's noch vor Augen, die Aufseherinnen mit Pistole am Koppel. Die riefen zu den Soldaten Scherzworte hinüber, Verabredungen: »Ich muß erst die Schmuckstücke wegbringen!« Wobei die gefangenen Mädchen natürlich nicht ansprechbar waren. Die durften nicht aufschauen. Dies ist allgemein sehr deprimiert aufgenommen worden, bis auf die derben Naturen. Ich glaube nicht, daß es zu Verabredungen gekommen ist. – Die Aufseherinnen: Koppel, Pistole, korpulent, kurzröckig, dickbeinig.

Chemievertreter 1921

Als Luftwaffenhelfer haben wir beobachtet, wie KZler und Russen zerbombte Straßen ausbesserten. Die sahen sehr ausgemergelt und zerlumpt aus. Wir hatten ja selbst nicht so sehr viel, und wenn wir uns Kartoffeln besorgten, dann haben wir versucht, denen was hinzuschaufeln. Das war uns strengstens untersagt, und die Wachleute waren sicher gehalten, dazwischenzuschlagen, wenn sie bemerkt hätten, daß sich da ein Häftling an die Kartoffeln ranmacht. Die hätten's vielleicht nicht aus eignem Antrieb getan, dazwischenzuschlagen, aber wegen der Vorschriften. Und wenn die sich womöglich weiter entfernt hätten, dann hätten sie sogar die Schußwaffen in Anschlag gebracht.

Redakteur 1928

Ich war in Peenemünde als Luftwaffenhelfer, 1944, und da waren KZ-Häftlinge, die da gearbeitet haben und uns um Brot anbettelten. Wir wußten nicht, was das für Leute waren. Wir bedauerten sie zwar, aber konnten sie nicht richtig einordnen.

Fernsehregisseur 1927

Nein, ich habe absolut nichts davon gewußt. Gar nichts. 1944 kam ich nach Magdeburg, da war Fliegeralarm gewesen, wir mußten vom Hauptbahnhof zur Seeckt-Kaserne

marschieren, und da hab' ich gesehen, daß eine Brücke von KZ-Häftlingen repariert wurde, ausgemergelte Gestalten in gestreiften Uniformen.
Wir konnten uns nicht mehr waschen, weil die Wasserversorgung unterbrochen war. Und wir mußten dann, wie das so war, zum gemeinsamen Waschen in der Elbe antreten.

Buchhändler 1927

Ja. Das ist Ende 1944 gewesen, in Magdeburg, und diese Leute haben Bomben entschärft, in der Nähe unserer Flakstellung.
Die Bewachung war lässig. Das waren allerdings Kriminelle, die Sicherungsverwahrung hatten und die auf Rabatt arbeiteten. Für jede entschärfte Bombe sollte ihnen was abgezogen werden. Die waren sehr gut ernährt, weil's 'n Himmelfahrtskommando war.

Volkswirt 1928

Nach der Zerbombung hatten wir unser Geschäft mit einem Fotografen und Retuscheur zusammen, und die kamen eines Tages und sagten: »Wollt ihr mal 'n Bild sehen?« Zeigten uns ein Foto aus dem Baltikum, von einem Soldaten mitgebracht: einen großen Kreis von Menschen, Soldaten, Zivilisten, und drinnen eine Anzahl Personen, wahrscheinlich waren es Männer und Frauen, welche noch in furchtbar abwehrender Haltung ... 'ne ganze Menge, am Boden liegend, Blutlachen. Und da wütete ein Soldat wie ein Berserker mit einem Ding wie'n Brecheisen, der denen allen den Schädel einschlägt. – Und dann wurde auch 'ne Erklärung gegeben, die Juden seien schuld daran, daß eine Familie umgebracht worden sei. Weiteres, Näheres haben wir nicht erfahren. Wir kriegten das Bild auch nur gezeigt ... es durfte ja keiner wissen, daß der, der diese Aufnahmen macht, so was kolportiert. Und der sie macht, der hätte, wenn er erwischt worden wäre, ja auch sein Leben riskiert.

Drucker 1893

Einmal sind wir mit unserer Heeresgruppe in Warschau ausgeladen worden, und dann marschierten wir vor, durch die zerstörten Städte. Und da hat irgendwo eine Frau mein Hemd gewaschen. Und die hat gesagt: »Hier sind keine Männer mehr, merken Sie das nicht?« Dieser Satz ist mir haftengeblieben. Das war eine Jüdin.

Schriftsteller 1922

Die Österreicher, damals »Ostmärker« genannt, hatten für ihr Tabak-, Schnaps- und Salzmonopol spezielle Fabriken im Generalgouvernement, und die sollten wir filmen, das war 1944. Den Aufbau dieser Fabriken und wie Schnaps gemacht wird, wie Tabak angebaut wird, bei Lemberg da in der Gegend. Das haben wir gefilmt.
Ich bin auch nach Warschau gekommen, und zwar gerade als sie das Ghetto angezündet haben, draußen stand die SS und hat jeden abgeknallt, der da rausgelaufen ist. Das hab' ich selbst gesehen.
In der Straßenbahn hat mich dann noch einer von der Wehrmacht verhaftet, der meinte, ich wär ein Spion, Hände hoch und so weiter. Ich sag': »Sie werden Ärger kriegen, ich bin beim Propagandaministerium angestellt als Kameramann«, das nützte nichts, der hat mich mit erhobenen Händen durch die Straßen geführt.
Ich war deshalb kein Soldat, weil ich einmal Tbc hatte.

Kameramann 1920

Persönlich?
Wie ich mal auf Urlaub fuhr, da hab' ich den Brand des Ghettos von Warschau gesehen. Wir fuhren in weitem Bogen um Warschau herum, so ungefähr, wie man jetzt um Berlin herumgeleitet wird, und über der Stadt – es war Nacht – war ein heller, roter Feuerschein. In meinem Abteil saß ein SS-Mann mittlerer Charge, und ich fragte ihn, was das da für ein Feuer ist, und da hat er zynisch gesagt: »Die werden jetzt ausgeräuchert.« Ich hab' dann einige Bedenken geäußert, ob das wohl gutgehe. – Da hat er gesagt (zynisch): Wenn es schiefginge, *er* habe eine Kapsel dabei.

Großhändler

1944 in Warschau: die ganze Stadt brannte, der Aufstand war gerade vorüber, und russische Kosaken, die auf kleinen Panjepferdchen ritten, wo die Beine auf dem Boden schleiften, schleppten Tote heran, am Bein angefaßt und hinterhergeschleift, auch solche, die noch nicht mal tot waren, und stapelten die wie Feuerscheite, und wenn die Stapel umzukippen drohten, kamen Soldaten mit Flammenwerfern und zündeten das an.
Diese Kosaken – ganz egal, was die zu packen kriegten, Arm, Bein, Kind oder Frau, alles wurde herangeschleift, ganz gerade und ausgerichtet, nicht kreuz und quer, wie das heute manchmal dargestellt wird.
Hier wurde mir klar, daß das andere, was man schon gehört hatte, auch alles stimmen mußte.
Mir wurde speiübel!

Ingenieur

Ich bin Marinehelfer gewesen, ab 1944. Eigentlich war ich ursprünglich gar nicht gegen die Hitlerjugend gewesen. Wir waren Jungen und hatten Freude an den Geländespielen.

Das war denn ja aus, man trug dann ja richtige Soldatenuniform. Aber richtig abgebracht von der HJ hat mich dann, daß wir zu der Marine kamen und die Hitlerjugendführer zu Hause blieben. Unabkömmlich. Das hat uns nachdenklich gemacht. Und ein Erlebnis zu Hause. Ein Bekannter von uns, der war Hauptsturmführer der Waffen-SS und war in Warschau dabeigewesen und hat in brutaler Weise erzählt, wie man die Juden da zusammengeschlagen hat. Er hat das lässig und normal erzählt, und das hat mich geworfen. Wie er da auf dem Sofa saß und das erzählte, als ob das ein ganz normaler Vorgang wäre.

Archivleiter 1928

Wir wohnten in Thorn, da wurde ganz offen von den KZs gesprochen. Da wurde nicht viel Federlesens gemacht. In kleinen Hütten wohnten die und in Zelten, zusammengepfercht. Eine Straße wurde gebaut, und aus Warschau wurden welche geholt.
KZ – das war bekannt. Wenn wir mal nicht zum BDM gingen, dann hieß es »du kommst ins KZ«.
In der Nähe von Thorn, 1944.
In elenden Hütten wohnten die, nur ein dünner Drahtzaun war da drum. Ein Bäuerlein kriegte eine Knarre umgehängt und mußte die bewachen. Warum gehen die denn da nicht raus? haben wir uns gefragt, als Kinder. Die Polen waren so antisemitistisch, daß die Leute gar keine Unterkunft bekommen hätten, wenn die geflohen wären.

Hausfrau 1928

Das war in Horodenka, auf dem Rückzug, da waren wir betrunken, ich war meistens betrunken damals, da habe ich an einem Tisch gesessen mit einem Obergefreiten, und der hat mir erzählt: In Horodenka auf dem Marktplatz sind drei-

tausend Juden mit Maschinengewehren zusammengeschossen worden. Meine Reaktion war folgende: (Ich hoffe, daß mich meine Erinnerung nicht täuscht! Koscher kam mir das Hinterland nicht vor, das ist sicher.) Ich hab' gesagt: Erstens, das werden wir teuer bezahlen müssen, und zweitens, es gibt keinen Hubschrauber, der uns aus der Weltgeschichte entfernt.
Ich war Major, der war Obergefreiter.

Lektor 1914

Gesehen hab' ich ein KZ von ferne, 1944, Ende 1944. Ich wurde von Neisse verlegt nach Bielitz, Schlesien, und da fuhren wir an Auschwitz vorbei und sahen von fern die Wachttürme und Leute in Sträflingskleidung und SS-Posten. Massen von SS.
Wenn ich mich recht erinnere, hab' ich überhaupt nicht viel dabei gedacht, so trostlos das auch klingt. Ich war neunzehn, man machte sich nicht viel Gedanken. Was wird aus dir, dachte man und hatte kein Organ für andere.
Hinter vorgehaltener Hand hörte man von der Bevölkerung, daß die Juden da vergast würden.

Buchhändler 1925

1944, als ich von Karlsruhe nach Wien versetzt wurde, da wurde unser Zug umgeleitet, und da sind wir an Mauthausen vorbeigefahren, bei Nacht, riesig ausgeleuchtet, und dann diese hastenden Gestalten – das war schon furchtbar.

Professor 1928

Erst als ich Krankenschwester war, in einem Soldatenheim, ist mir klargeworden, daß es schreckliche Dinge gab. Da waren Frauen von SS-Führern, die viel erlebt hatten. Eine

hatte vier Söhne verloren, die war wie versteinert. »Ja, es ist furchtbar«, sagte sie, »aber Gott sei Dank gibt es KZs. Die Juden müssen für all dies bestraft werden.«
»Das hat doch mit Ihren Söhnen nichts zu tun«, sagte ich.
»Doch, da werden meine Söhne täglich gerächt.«

Hausfrau 1917

Nach dem 20. Juli wurden in unserer Stadt einige angesehene Männer verhaftet und in Marschkolonne durch die Stadt geführt. Die kannte man. Das waren ehemalige SPDler und sogenannte »Reaktionäre«. Ein Lebensmittelhändler war auch dabei.
Im Sommer war das, es war warm, die hielten sich sehr würdig und aufrecht, auf dem Schulhof lagerten sie, und wir Schüler gingen da vorbei.

Arzt 1931

Als das Attentat vom 20. Juli bekannt wurde, hat eine Nachbarin spontan »schade« gesagt, daß das mißglückt ist. Die wurde sofort abgeholt und ist nie wieder erschienen.

Lehrer

Wir hatten einen Lehrer, der hieß Weiß, der war Vierteljude. Das war ein Neutrum von Lehrer, ein Lehrer, sonst nichts. Auf Umwegen erfuhren wir, daß er im Ersten Weltkrieg das EK I erworben hatte, und einmal erschien er staubbedeckt. Was war geschehen? Er war in seinem Haus verschüttet gewesen, man hatte ihn mit Schweißbrennern herausholen müssen. Und am selben Tag geht der Idiot doch noch zur Schule!
Nach dem 20. Juli wurde alles, was so herumlief, einge-

sperrt. Und auch Dr. Weiß, in einem offenen Lastwagen fuhr er aus der Stadt. Möller, ein Klassenkamerad, sagte: »Das ist richtig.« Das hat uns geärgert. Wir fanden das nicht richtig. Einfach, weil wir ihn ganz gern mochten.
Dr. Weiß kam in ein Arbeitslager, Hochofen oder was weiß ich. Wir haben überlegt, da müßte man doch eigentlich hin und dem was zu essen bringen. Allein schon, um den Möller zu ärgern. Aber aus einer gewissen Trägheit ist das nichts geworden. Eine der vielen verpaßten Gelegenheiten. Er hätte sich bestimmt gefreut.
Wir waren alle nicht einverstanden mit dem Möller und haben ihm das auch deutlich zu verstehen gegeben.
Man hatte zuwenig Informationen. Fernsehen, Zeitungen und verschiedene Radiostationen, das gab's ja alles nicht.

Lehrer 1928

1944, in Berlin, heute Ostbahnhof, da kam ich vorbei, und da war eine große Anzahl von Polizeiwagen aufgefahren, und da hatten sich zwei Ketten von Polizisten gebildet, grün, mit Tschako auf, vom Eingang bis zum Wagen, und dann kamen sie heraus aus dem Bahnhof, rechts und links je ein Polizist und dazwischen ein Zivilist an der Knebelkette. Ich konnte mir das gar nicht richtig erklären. Wir wußten überhaupt nicht, was da passierte. Etwas Politisches mußte es sein, aber was es war, wußten wir nicht.

Beleuchter 1927

Nach dem 20. Juli erzählte meine Mutter plötzlich beim Mittagessen, daß die Gestapo die Attentäter und Widerstandskämpfer vom 20. Juli an Fleischerhaken aufgehängt hätte. Und zwar meinte sie, die Gestapo hätte den Leuten die Haken von unten durch die Unterkiefer gestochen.
Einerseits war es erstaunlich, daß sie das so offen aussprach,

andererseits war die Phantasie mit ihr durchgegangen, denn so sind die Männer damals ja nicht aufgehängt worden. Sie sagte auch noch, Hitler habe das filmen lassen.

Beamter 1929

Im Arbeitsdienst hatte ich eine Freundin, die im Studentenuntergrund war, die hat mir das erste Mal davon erzählt. Gesehen hat sie es selber nicht, aber gehört. – Das war ein unglaublich mutiger Mensch. Sie saß oben auf der Pritsche und las. – »Was liest du da?« wurde sie gefragt. – »Ich lese den größten Schelmen- und Lügenroman dieses Jahrhunderts.« Das war: *Mein Kampf*.

Angestellte 1922

Es hieß immer Theresienstadt – da können Sie ja noch froh sein, da kommen alle Juden hin, die arisch versippt sind. Eine Nachbarin, von der keiner wußte, daß sie Jüdin war, getauft, mit'm Christen verheiratet, und zwei Söhne, die kam 44 nach Theresienstadt. »Da können Sie ja noch froh sein!« hieß es. Und die kam später auch wieder. Aber die Angst, die die ausgestanden haben mag, das kann man sich ja überhaupt nicht vorstellen.
Von der kam auch Nachricht, daß sie angekommen sei, so 'n bißchen verschlüsselt, daß sie da Medikamente brauchte und so was.

Hausfrau 1909

1944, auf'm Kartoffelacker hat mir ein Freund die »Zehn kleinen Meckerlein« aufgesagt: »Man bracht' ihn nach Oranienburg, da waren's wieder zehn!«
Also . . .

Agronom 1924

Als ich mal mit meiner Freundin zum Baden ging und da durch die Stadt latschte, erzählte sie mir, daß da Juden durch die Stadt geschleust worden seien, in Waggons, die nach Polen kämen und dort umgebracht würden.
Das war bei mir der platzende Knoten.

Chemiker 1927

Mehrfach habe ich von KZs gehört, und ich wußte auch, was da geschieht. Ich kann es einem Mann wie Speer nicht abnehmen . . .
Ich bin Infanterist gewesen, Obergefreiter, und bin mehrfach mit SS-Chargen zusammengekommen. Und diese Kerle, die heute von nichts gewußt haben wollen, die haben damals viel erzählt, und von den grauslichsten Dingen.

Unternehmer

Die ganze Toskana war verseucht von Partisanen, und wen sie erwischten, der wurde sofort aufgehängt.
In Monte Catini, da hab' ich zwei hängen sehen, auf dem Marktplatz, 1944.

Kleindarsteller

Ich wußte nicht, was das für Leute waren: Bei uns in der Kaserne liefen welche herum, mit Abzeichen: blau, rot. Denen ging's herrlich. Die arbeiteten in der Küche, waren dick und voll gefressen. Wogegen wir SS-Männer Wurst bekamen, die war so dünn geschnitten, daß man die Sonne da durch sehen konnte. Wir haben geschwitzt, und die kriegten da zu essen. Von wegen, daß die jemand da angeschnauzt hätte! Das hab' ich nie gesehen.

Studiendirektor

Wir hatten als junge Leutnants Gelegenheit, ein KZ zu besichtigen. Das war im Januar 1945. Aber – wenn man in die Küche eines KZ geführt wird, dann kann man nicht beurteilen, ob die Häftlinge satt werden. Da liegen zentnerweise das Fleisch und die Butter rum . . .
Wir durften sogar die Apotheke sehen und die pathologische Abteilung, alles einwandfrei, friedensmäßig. In der Pathologie waren Leute mit weißen Kitteln damit beschäftigt, eine Leiche anzugucken. Alles wie es sein muß. Als wir schon weggingen, höre ich, wie der Arzt da seinen Befund diktiert: »Alter 53 Jahre, Todesursache Altersschwäche.« Da hab' ich plötzlich gewußt: Mensch, das ist ja alles Fassade!

Vertreter

Ich bin mit einem Leutnant befreundet gewesen, 1944, dessen Vater war Generalapotheker und der hat erzählt, die Juden seien in Pölitz und würden da furchtbar gequält. Die müßten in glühender Hitze Sand umschaufeln, von rechts nach links und wieder zurück. Und daß da viele Menschen totgeschlagen würden, und die Leichen würden in die Oder geworfen und die schwämmen dann durch das Haff in die Ostsee. – Ich hab' das nicht geglaubt.

Schauspielerin

Teils nein. Wie der Krieg zu Ende ging, da sind wir mal vorbeigefahren an einem Lager in Polen. Da standen sie am Zaun und schrien: »Brot! Brot! – Hunger! Hunger!« – Ich fuhr einen Lazarettzug.
Sonst hab' ich nie etwas gesehen und nie geglaubt, daß wir den Krieg verlieren. Was da an Munition und Nachschub rollte, das war doch ungeheuer.

Eisenbahner

Winter 44/45. Ich ging zur Schule, und mein Schulweg führte an der Bahnstrecke Berlin–München vorbei. Einen riesengroßen Güterzug sah ich da, Viehwagen ohne Dach und lauter Köpfe: O Gott, was ist denn das!? Hab' aber nicht den Mut gehabt, meine Mutter danach zu fragen. Oben kein Dach, Kopf an Kopf.

Mann 1932

1944 hab' ich Radio Moskau gehört. Daß man bei der Befreiung des KZ Lublin einen Haufen Kinderschuhe gefunden hat, daß also alles dafür spräche, daß da Frauen und Kinder in Gaskammern vernichtet worden sind. Und obwohl ich »kontra« eingestellt war und das Kriegsende herbeisehnte, habe ich gesagt: Das ist gelogen, so was gibt es nicht.

Angestellte

1944, da gab's schon gar kein Radio mehr, Bekannte hatten einen Apparat mit Anode oder wie sich das nannte, und *da* haben wir zum erstenmal gehört, daß es Konzentrationslager gäbe. Diesen Sender durfte man eigentlich gar nicht anstellen.
Als wir das hörten, haben wir noch gesagt, das kann ja gar nicht angehn.

Verkäuferin 1913

Im Zuchthaus Bützow hatte man dänische Freiheitskämpfer untergebracht, das war 1944. Ich hatte einen Bekannten, der sagte zu mir: »Ich hab' gehört, daß Sie öfter im Zuchthaus Bützow zu tun haben, da ist ein Neffe von mir, ein Däne. Können Sie nicht mal 'n Brief mit reinnehmen?«
Als ich dann wieder mal in Bützow zu tun hatte, hab' ich

mich erkundigt, und da sagte ein Wachmann: »Da hinten steht er.«
Da hab' ich diesem armen Kerl, der nur noch Haut und Knochen war, einen Brief gegeben, und er hat auf meinem Rücken schnell 'n paar Zeilen geschrieben, hinterm Lastwagen.
Der hatte Züge entgleisen lassen.
Als wir dann 1945 flohen, sahen wir auf der Straße einen Bus stehen, der war von englischen Fliegern in Brand geschossen, und die Leute da drin, die lamentierten, konnten nicht raus. Das waren KZler, und da soll dieser junge Mann auch dabeigewesen sein.

Techniker

Ich bin unwahrscheinlich steril erzogen, hab' auf'm Dorf gelebt. Für mich war das Wort »Konzentrationslager« unbekannt, damit hatte ich nichts zu tun. Aber kurz vordem die Russen kamen, hatten wir Bahnhofsdienst. Da kam ein Transport aus dem Osten, und wir vom Bahnhofsdienst wurden zurückgepfiffen. »Warum?« fragten wir, denn wir waren ja jung, wir wollten helfen. – »Die haben ansteckende Krankheiten, da dürft ihr nicht hin.« – Das waren Häftlinge aus dem Osten, und wir waren sehr bedrückt.

Frau

8.

Ende des Krieges wurde gemunkelt, daß sie in Sandbostel jeden Tag »fünfzig« eingekuhlt haben. Aber das hat man ja nicht geglaubt.

Bauer 1923

Nach der Eroberung von Wien, im März 1945, da sah ich in Ebensee die Kamine so komisch rauchen, das war eine Zweigstelle von Mauthausen. Wir fragten die Bevölkerung, und die deuteten das an.

Kleindarsteller 1915

Den KZ-Insassen hab' ich Brot gebracht, kurz vorm Zusammenbruch auf'n Acker. Die mußten sich immer das Trinkwasser aus dem Herrenteich holen.
Die abgerichteten Hunde.

Hausfrau 1912

Wir sollten den Friesenwall bauen, Ende des Krieges, im Westen, als Hitlerjungen, einen Verteidigungswall, und da haben wir mal gehört, daß es KZs gäbe. Daß die nicht über den Hof *gehen* dürften, sondern immer laufen müßten, das wurde erzählt. Und dann wurde ferner erzählt, daß im Emsland, da sind ja Erdölbohrungen, daß dort KZ-Leute angestellt würden für dreckige Arbeiten. Die mußten die Rohre, wenn die aus der Erde kamen, mit den bloßen Händen abstreifen, daß sie sauber sind.

Studienrat 1928

Ich habe nur ein furchtbares Erlebnis gehabt, das geht mir heut noch nach und das hab' ich noch niemandem erzählt, 1945 war das, auf dem Land, in Niederbayern. Da haben sie in einer Scheune mindestens fünfhundert Russen gehabt, und die Russen haben nur kalte Kartoffeln gekriegt, abgebrüht, die kriegten sie reingeschüttet, und haben sich geprügelt da drum. Und irgendwie haben sie's fertig gekriegt, Ringe zu machen, aus Metall, die waren Mode bei uns, jeder wollte so einen haben. Und da hat man irgendwo einen Ritz gesehen in der Scheunenwand und dann einen Finger mit dem Ring. »Drei Eier und vier Kartoffeln!« hat man gehört, so heiser, und 'n Gesicht gesehen, so fahl und eingefallen. Und dann hat mir einer von meinen Freunden vorgemacht, wie man das macht, daß man einen Ring kriegt, ohne zu bezahlen. Das geht mir heut noch nach. Das hab' ich gemacht, den Ring hab' ich genommen und bin weggegangen.
Und da ist einer ausgerückt, den haben sie gekriegt, fünf Kilometer weit ist er gekommen. Und die Mütter und Frauen haben gesagt: »Bring ihn net um!« Aber der Posten ließ sich nicht erweichen: »Dem werden wir's zeigen!« Gewehrkolben in die Rippen. Mehr hab' ich nicht gesehen. Komisches Gefühl: Der wird nun umgebracht.
Ringe und geschnitzte Vögel. Wunderbare Vögel, mit Federn, bunt bemalt, schön.

Buchhändler 1930

Wir bauten in Hamburg-Finkenwerder eine U-Boot-Schule auf für Zwei-Mann-U-Boote. Ich kam mit'm Wagen über Veddel rein, und da hab' ich gesehen, daß man dort KZ-Häftlinge verwendete.
Wer ist denn im KZ? Das waren Homos, Juden und ausgesprochen Asoziale, das wußte man.

Regierungsdirektor

Auch unter Kameraden haben wir nie darüber gesprochen. Einmal kam ein Reichsredner, war's der Löbsack? Wir nannten ihn Blödsack.
Wir saßen abends noch in der Messe zusammen – wir fühlten uns als Elite und nahmen ihn nicht für voll – sehr schnell wurde ziemlich hart gezochen und da sagte er plötzlich, im Dunas: »Im übrigen ... mit dem jüdischen Volk ... Im Osten gibt es keinen einzigen Juden mehr ...« Das erinnere ich noch durch den Nebel hindurch. Das ging uns eiskalt den Rücken herunter.
Den haben wir dann furchtbar fertiggemacht, er hing dann in einer Ecke, und wir haben ihn mit Bier übergossen: Du altes Schwein, du Nazi-Sau!
Nachher gingen wir ja wieder an die Front.

Kaufmann

Nein. – Ich war Frontsoldat.
Das heißt doch! Ja! Moment mal! Im Danziger Kessel, da haben wir KZler gesehen. Denen haben wir zu essen gegeben. Die wollten auch raus aus dem Kessel. Die wollten nicht zum Russen.

Autoschlosser

Ich bin noch bis ganz zuletzt in Berlin gewesen, bin erst ganz spät rausgekommen. Dann mußten wir nach Rechlin, und da sind wir auf dem Rückmarsch an KZ-Lagern vorbeigekommen.

Kaufmann 1922

Ich war Funker, und wir wurden 1945 aus dem Kessel Danzig verlegt, wir sollten nach Prag kommen, und irgendwie landeten wir in Oranienbaum. Und dort hab' ich bei der Massenräumung des Konzentrationslagers zugesehen, wie die SS da das KZ geräumt hat. Wer stehenblieb, wurde erschossen.
Die Leichen lagen dann da.

Architekt

Kurz vor Ende des Krieges tauchten die ersten gestreiften Häftlinge bei uns auf, im Erzgebirge, da wurden die durchgetrieben.
Mein Vater nahm oft 'ne Aktentasche voll Brot mit in die Fabrik, Russen und Polen arbeiteten da, obwohl er in der Partei war, gab er ihnen das. – Nach dem Krieg haben wir dann Pakete von denen gekriegt, ich erinnere mich noch sehr deutlich an den schwarzen belgischen Tabak.

Chirurg

Ich war Marinehelfer in Kiel. Nach einem Alarm im Frühjahr 1945 standen wir vor einem Bunker, und da wurde ein Trupp von Häftlingen vorgeführt, fünfzig bis achtzig Menschen. Die machten einen sehr entkräfteten und zerlumpten Eindruck. Grau. Die stützten sich gegenseitig. Einige SS-Leute trieben die da längs, und die SS-Leute hatten Zigaret-

ten im Mund und das Gewehr wie die Jäger mit der Mündung nach unten.
Einige Frauen weinten und sagten: »So wird's uns bald auch ergehen.«

Biologe 1928

Ich habe ein Frauen-KZ im Vorbeifahren gesehen, Ravensbrück, auf dem Rückzug von der Oder. Schrecklich! Das Lager wurde aufgelöst, und die Häftlingsfrauen zogen in Gruppen dahin, unter Aufsicht von SS-Frauen in Schaftstiefeln mit Schäferhunden.
Wir zogen mit denen gemeinsam von Osten nach Westen, acht Tage vor Schluß.
Sie waren unterernährt. Der Kontrast zu den uniformierten Bewacherinnen war doch sehr stark. Die taten denen übrigens nichts.
Sie zogen wie ein ausgestoßenes Volk dahin, gebückt, mit stumpfem Blick.

Jurist 1921

Im März 1945 wurde ein Zug von Häftlingen durch die Stadt geführt, durch Ohrdruf. Sie wurden zum Bahnhof geführt, graue, fahle Menschen. Was mir noch besonders in Erinnerung ist, das Gefälle in der Stimmung zwischen der Bevölkerung und diesen Menschen. Es war ein Stimmungsgefälle zwischen denen, die da zuguckten, und denen, die da gingen. Die wichen direkt zurück.

Hausfrau 1930

Ich hab' auf der Flucht von Schlesien in Richtung Weimar Buchenwald gesehen und auch Häftlinge, die da die Straßen entlanggetrieben wurden, Politische und Kriminelle.

Das Wort KZ ist immer gefallen, aber als Jugendlicher habe ich das immer in Verbindung gebracht mit Kriminellen.

Frau

In Parchim, da hab' ich am Wegrand erschossene Häftlinge gesehen, »KZler«, wie sie genannt wurden, die lagen da, zwei, drei, vier oder fünf. Ich nehme an, daß das Fußkranke waren, die liquidiert wurden. Ich fuhr einen Lkw und hatte Flüchtlinge geladen. Ich hatte nicht viel Zeit zum Nachdenken, weil ich mit einem Offizier in Streit geraten war, der mir entgegenkam und dem ich nicht schnell genug ausgewichen war.

Chemievertreter 1921

Beim Rückzug in Thüringen haben wir Häftlingsgruppen gesehen, die zu Fuß an den Straßenrändern entlangschlichen, unter Bewachung.
Das seien Zuchthäusler, die in Sicherheit gebracht würden, wurde uns gesagt.
Sträflingskleidung.

Mann 1927

Ich mußte nach Winsen, in den letzten Kriegstagen. Bevor wir übersetzten, mußten wir auf die Fähre warten, und da war alles vollgestopft mit KZ-Häftlingen, die lagen da im Gras und konnten nicht mehr weiter. – In Winsen sprach ich mit einer Krankenschwester, der erzählte ich das: »Haben Sie gesehen, was da los war?« – »Jaja, ich habe einen Bekannten, der ist SS-Offizier, der hat gesagt: ›Die lassen wir alle über die Klinge springen.‹«
Das waren Dänen, und mir war peinlich, daß ich da mein Weißbrot aß.

Arzt

In den letzten Monaten des Krieges sollte ich mit einem Führernachwuchsbataillon nach Friesland verlegt werden. Wir wurden vor Bremen ausgeladen und sollten im Fußmarsch den Raum Aurich erreichen. Dazu mußten wir bei Vegesack über die Weser setzen. Ich führte das Vorauskommando, um Treibstoff für die Fähre zu bringen. Bei Ankunft an der Fähre erklärte der Kommandant, Major einer Landesschützeneinheit, daß ich dafür zu sorgen hätte, daß die Truppe vor Vegesack abseits der Straße sich aufzuhalten hätte. Es käme gleich ein KZ-Lager, die in Richtung Lüneburger Heide gebracht werden sollten. Mir gestattete er jedoch, dort zu bleiben, um dieses Elend zu sehen. Bei Landung des ersten Transportes fuhren SS-Leute auf Beiwagenkrädern und riefen den Bewohnern zu: »Fenster zu, zurücktreten und laßt euch nicht sehen!« Und sie schossen in die Häuser. Als die erste Fähre aneinandergeketteter Menschen das Ufer erreicht hatte, betraten die Menschen das Land. Ich war so erschüttert über die Unmenschlichkeit, die man diesen angetan hatte! Die Menschen konnten nur schleppend gehen, sie wurden links und rechts flankiert von Knüppel schwingenden SS-Leuten, die immer wieder auf sie einschlugen, um sie anzutreiben. Am Schluß des Zuges waren Fahrzeuge, auf denen die Zusammengebrochenen gestapelt wurden. Das Übersetzen der KZler dauerte die ganze Nacht. Als ich am nächsten Abend das Bataillon über die Weser setzen ließ, erzählte mir der Fährkommandant bereits, daß die SS auf dieser Seite der Weser das gesamte Lager den Landesschützen übergeben hätte und sie sich selbst in Sicherheit gebracht hätten: Die Alliierten standen zu der Zeit bereits am Mittellandkanal. Wir haben dann über dieses Gesehene mit zuverlässigen Kameraden viel diskutiert. Einige von uns wollten daraufhin die Truppe verlassen.

Bauingenieur 1921

In den letzten Kriegstagen wurden hier KZ-Häftlinge durchgetrieben, die kamen wohl von Bergen-Belsen und sollten nach Schleswig-Holstein. Wir haben alle geweint, als wir das sahen.
Welche zogen auch Wagen, auf denen welche von der SS saßen.
Das waren Frauen.

Bäuerin 1920

1945 in München, zwischen München und Starnberg, da sah ich einen ganzen Zug von blaugestreiften Menschen, die kamen da ganz schwer gegangen, wie Masken, von SS mit irrsinnigen Bluthunden bewacht, nicht diese Neufundländer, sondern viel fürchterlichere Tiere.
Ich merkte dieses Gefühl, wenn sich einem jedes Haar am Körper sträubt. Ich bin da durchgerast, durch diesen Wald!
Da lagen welche am Weg, die konnten nicht mehr. Die krümmten sich.

Hausfrau 1917

Im April 1945 habe ich zum erstenmal durch einen Freund meines Mannes, der nach Auschwitz versetzt worden war, von den Untaten der Nazis gehört . . . der hat uns das alles erzählt. Und da hab' ich gesagt: »Meine Güte, wenn uns *die* Rechnung aufgemacht wird, dann gute Nacht!«

Frau

Nein. Anfang Mai 45 habe ich das erste bemerkt. Ich bin Jahrgang 26. Wir strömten in Richtung Westen, von Berlin aus. Auf der Bundesstraße 5 trafen wir auf einen Zug Sträflinge. Ich sagte: »Was wollen die denn alle hier?« Ich ging in ein Haus rein und fragte: »Haben Sie was zu trinken?« Und da saßen auch solche Leute herum, und da sagt die Frau: »Das sind keine Sträflinge, das sind KZler.« Die sahen schlimm aus. Die waren stumm und schlaff. Die hatten sie auf Pferdekarren gesetzt. Die waren freigelassen worden.

Drogist

In meinem Tagebuch – »Gelobt sei, was hart macht«, so in diesem Stil – habe ich meine erste Begegnung mit KZ-Sachen niedergeschrieben. Ich war auf dem Rückmarsch von Küstrin aus.
Abends hielten wir im Mecklenburgischen. Plötzlich kamen lauter Leute auf uns zugeströmt: Ob wir Brot hätten. Es war nach dem 20. April, aber noch im Krieg. Das waren lauter Ravensbrücker Frauen.
»Was ist denn das?« haben wir gefragt, »Ravensbrück?«
»Das kennen Sie nicht?« schrie mich da die eine an, »dann werden Sie das noch kennenlernen!«
Was? dachte ich. Wie sprechen die denn mit mir? Wir haben doch den Krieg noch nicht verloren?
Daß es sie gab, wußte ich wohl, aber von Ravensbrück hatte ich noch nichts gehört.

Jurist

Furchtbar.
Wir sind aus dem Kreis Braunsberg, und dann haben wir auf der Flucht . . .
Auf einem kleinen mecklenburgischen Dorf hab' ich die KZ-Juden pflegen müssen. Beim Russeneinmarsch saßen wir drei Tage im Keller, bis der erste Ansturm vorüber war. Dann kam eine russische Schwester und nahm mich mit. Da war ein Zelt, und in dem Zelt waren lauter kaputte Menschen! Furchtbar! Die Kleider ganz voll Läuse, und die sollte

ich baden. Erst mal ausziehen diese Leute, und dann hab' ich sie nackend gesehen, und so hab' ich mich geekelt! Die Kleider waren weiß von Nissen. »Können Sie sich nicht selber ausziehen?« hab' ich gefragt, weil mir das ganz furchtbar war. Ich war ja erst fünfzehn Jahre damals.
Dann hab' ich sie gewaschen, und dann mußten alle Körperhaare entfernt werden! Mit so einer Rasierklinge . . . Ich sagte: »Nein! Das kann ich nicht!«
Ich kriegte noch ein junges Mädchen zu Hilfe, und die war ganz wunderbar.
Das haben wir dann bis Mitternacht gemacht. Und als wir fertig waren, führte uns die Schwester in ein anderes Zelt, da saßen lauter Männer! Und ein Gestank! Die waren so schwach, daß sie alles unter sich ließen.
Ich sag': »Nein! Das mach' ich nicht!« Wir haben sie dann ins Bad gehoben, die waren ja leicht. Die Füße abgefroren, und die Mädchen keine Brüste.
Die russischen Ärzte waren toll! Die Schwester mit roten Fingernägeln. Das hielt ich damals für unmoralisch.
Ich hab' drei oder vier Tage da ausgehalten.
Die kriegten so weiße Leinenanzüge an, ganz sauber, und die mußten wir dann verladen, auf Lastwagen. Es war eine wunderbare sternklare Nacht. Ich hab' an Eichendorff gedacht, um mich abzulenken.
Sie kamen in ein Haus, das waren Pritschen. Immer zwei auf eine Pritsche. Einer rief: »Schwester! Schwester! Hier ist ja Frauenstation!« Na, das konnte man doch gar nicht sehen, die sahen alle gleich aus, mit den geschorenen Köpfen.
Sie kriegten dann erstklassig zu essen. Einer hieß Hirsch und einer Wolf. Kartoffelmus mit Butter drin. Sie waren von Stuthof gekommen, im Schneetreiben.
Das einzige Kind hieß Bella. Eine kleine Schwarze, eine Inkarnation der Rasse, mit so langen Locken. Ein nettes, süßes Mädchen. Die Mutter war auch gerettet und die beiden Brüder auch.

Die hatten keine Rachegefühle gegen uns.
Die haben uns sogar noch geschützt vor Vergewaltigungen.
Aus Egoismus hab' ich mich dann in die Küche gemeldet, damit ich keinen Typhus kriege. Hab' ihn aber trotzdem bekommen.

Lehrerin 1930

9.

Ich kam 1943 in amerikanische Gefangenschaft. Alles prima! Nach dem Krieg änderte sich das Essen schlagartig. Wir bekamen sehr magere Kost und sahen Buchenwaldfilme. Das war das erste Mal, daß ich von KZs gehört habe.

Pastor

Ich hab' das in der Gefangenschaft zum erstenmal gehört: Millionen Juden? – Und da hab' ich meine Kameraden gefragt: »Hast du einen in deiner Verwandtschaft, der das tun würde?« – »Nee.« – »Hast du?« – »Nee.« – Und von daher hab' ich gesagt: Also unmöglich. Dazu kam noch, daß ich den Soldatensender Calais gehört habe, und da hatten sie mal gelogen, daß die Deutschen Hunde und Katzen essen. Und deshalb haben wir die andern Sachen auch nicht geglaubt.

Lehrer 1928

Am 9. April 1945 kam ich in Hannover in Gefangenschaft. Wir wurden auf einen Hof getrieben, da saßen KZler. Die kamen aus einem Nebenlager von Bergen-Belsen. Die Amerikaner gaben denen zu essen, die waren nur noch Haut und Knochen.

Versicherungskaufmann 1923

Ich habe in Faßberg gewohnt. Belsen war ganz in der Nähe, aber ich habe erst nach dem Krieg zum erstenmal den Namen Belsen gehört, obwohl es höchstens 25 km entfernt ist.
Die Geheimhaltung ging sehr weit.

Studienrat 1929

Ich hatte eine Kusine, die saß im KZ.
Die tauchte eines Tages ganz vergnügt wieder auf.
Sie war Bibelforscherin. Sieben Jahre hat sie gesessen, in Buch-Wald oder Buchenwald, wie's heißt.
Die lebt jetzt in der Ostzone.

Hausfrau

Ich hatte eine Kusine im KZ. Die hatte sich über Juden geäußert, und der Pensionsinhaber hat sie angezeigt. Ein Jahr war sie da, 1944 bis 1945.
In ihrem schönen KZ-Mantel mit der Nummer drauf ist sie nach Hause gekommen. Und als sie ankam, da waren ihre ganzen Verwandten tot. Da hatten die Russen eine Alkoholorgie gefeiert. Alle waren tot.
Jetzt ist sie Professor in Frankfurt am Main.

Hausfrau 1905

Zwei jüdische Arbeiterinnen hatten wir in der Fabrik.
Kurz vor Kriegsschluß, im März 1945, wurden sie, wegen der herannahenden Front, angeblich in die Tschechoslowakei, nach Theresienstadt, geschickt. Sind abgefahren in Richtung Theresienstadt, angeblich, um vor den Bombenangriffen in Sicherheit zu sein.

Ende Mai 1945 kamen sie munter wieder und fragten, ob sie Arbeit kriegen könnten. Erzählten, daß sie es da gut gehabt hätten, gute Verpflegung und so weiter.

Kaufmann 1928

Ich hab' in München zwei Jahre eine Jüdin verborgen, alles redlich geteilt.
Schwierig war es mit dem Luftschutzkeller, sie sah so furchtbar jüdisch aus.
Als der Krieg vorbei war, in den ersten Tagen, kam sie mir auf der Straße, Hand in Hand mit einer ganzen Reihe von KZ-Häftlingen, entgegen. Sie gingen mitten auf der Straße und standen unter Alkohol.
Ich ging spontan auf sie los, aber sie sah durch mich hindurch. Das hat mich sehr getroffen, und ich hatte sie doch zwei Jahre verborgen gehalten und alles redlich geteilt. Schwierig war das gewesen. Und mein Mann ist beim 20. Juli umgekommen.
Der Vater dieser Jüdin, ein sehr gebildeter alter Herr, der nicht abgeholt worden war, war noch bis weit nach dem Krieg ein Anhänger Hitlers. Der sagte: »Wir Juden müssen immer wieder daran erinnert werden, daß wir Juden sind.«

Hausfrau

Gleich nach dem Krieg, als sie dann plötzlich auf der Straße herumliefen, mit dem Zeug noch an. Zum Teil trugen sie das sicher absichtlich. Es war ja auch Sommer, da ging das ja. Von den Amerikanern hätten sie doch sicher irgendwo Zeug gekriegt, nicht? Um aufzufallen taten sie das. Aber auch nicht alle.
Ich arbeitete damals auf einer amerikanischen Dienststelle. Und da kamen sie an, mit gräßlichen Fotos, sie selbst da

drauf. Die Amerikaner schickten sie weg. Die konnten ihnen nicht helfen, das waren die falschen Stellen.
»Es ist besser für Sie, wenn Sie das vergessen«, sagten die Beamten.

Hausfrau 1915

Genau am Ende des Krieges, Mai und Juni 1945, da erlebten wir dann, daß ganz viele Trupps noch durchzogen durch Mecklenburg. Die trugen noch KZ-Uniformen mit KZ-Nummern dran. Sie sahen furchtbar elend aus, hatten es aber eben nun überlebt, waren vielleicht ja auch keine Juden, sondern Kriminelle, unter Umständen sogar Politische. Politische und Kriminelle, die Adolf ja alle zusammen in KZs steckte, die nun überlebt hatten, die auch anfingen, zu erzählen. Da ist dann ja schon viel mehr bekanntgeworden. Bloß die ganze Zeit, wo Adolf eben das Regiment hatte, da wurde das ja so unterdrückt, daß eben kaum etwas durchsikkerte über die gräßlichsten Grausamkeiten.

Hausfrau 1918

In der Nachbarschaft, da wohnte eine Familie, das war der allerletzte Dreck. Da sagt die Frau eines Tages: »Mein Mann ist im KZ in Hamburg.« Ich sag': »In Hamburg gibt es kein KZ.« »Doch«, sagt sie, »in Neuengamme.« Ich hab' mich dann erkundigt, und es wurde gesagt, er habe sich in einer Möbelfabrik was abgestaubt und mit nach Hause genommen.
Als dann die Amis in unser Dorf kamen, gingen wir hin zu dem Major und sagten: »Der Mann von Frau Sowieso ist im KZ. Holen Sie den doch raus da.« – Er hat sich alles aufgeschrieben, und nach einigen Tagen hat er gesagt: »Dieser Mann ist nicht wegen Möbelgeschichten eingesperrt wor-

den, sondern wegen Kindergeschichten. Diese Leute kommen bei uns auch ins KZ. Da rühren wir keinen Finger.« Und der Mann ist auch nicht wiedergekommen.

Hoteliersfrau 1909

Gehört schon. »Konzertlager« wurde das genannt vom Volksmund. »Da kommen so Leute rein, die arbeitsscheu sind oder Kommunisten«, so hieß es. Von Juden wurde nicht gesprochen, weil es in unserer Gegend keine Juden gab.

Das war alles.

Und dabei, ob Sie's glauben oder nicht, war fünfzehn Kilometer von unserm Dorf entfernt ein kleines KZ, und das haben wir nicht gewußt. Es hieß, da wird ein Barackenlager gebaut für englische Offiziere, und als es fertig war, hat man sich keine Gedanken gemacht, wer da nun wirklich drin sitzt. Die Amerikaner haben die dann da rausgeholt. Und der erste Amerikaner, mit dem ich zu diskutieren versuchte, daß man das doch differenziert sehen müßte, nicht alle Deutschen könne man über einen Kamm scheren usw., der sagte ganz einfach: »I've seen enough.« Der war dabeigewesen.

Biologe 1928

Wir haben mit KZ-Häftlingen zusammen gearbeitet, in einem Flugzeugwerk. In Oranienburg wurde die ganze Produktion von KZ-Häftlingen gemacht. Die hatten ja verschiedene Dreiecke, schwarz, rot, gelb. Es war zu erkennen, was das für Leute waren. Für uns waren das Feinde des Staates, Verbrecher, da gab es überhaupt keinen Zweifel.

Die hatten Selbstverwaltung, z.B. bei den Lebensmitteln. Und da hat einer von denen 'n paar Zentner Fleisch verschoben. Da ist er bei erwischt worden und hat sich im Lokus aufgehängt.

Als wir entlassen wurden aus der Kriegsgefangenschaft, da haben uns die KZ-Häftlinge mit Peitschen auf dem Bahnhof empfangen, und da dachte ich an den, der sich da aufgehängt hatte. Den haben sie doch sicher zu den Toten dazugezählt, nicht wahr? Zu den sechs Millionen oder wieviel es nun waren? Den haben doch sicher die SS-Leute auch auf'm Gewissen, was?

Großhändler 1922

KZ abreißen, das war als Demütigung gedacht, aber die Leute durften alles mit nach Hause nehmen.
»Klaus, geh noch mal eben 'n bißchen KZ-Holz holen.«

Lehrer 1927

Ich finde es richtig, daß wir an die Juden so viel Geld gezahlt haben, und das sollten wir auch weiterhin tun.
Was ich nicht richtig finde, das ist, daß sie uns das nun immer noch unter die Nase reiben. Da ist man dann bald so weit, daß man sagt: Was? Na denn seht zu, wie ihr fertig werdet.

Hausfrau

Bei mir sind vor einiger Zeit zwei Herren im Büro gewesen. Sie kämen aus Israel und sie hätten im KZ gesessen, und ob ich nicht eine Spende, eine *größere* Spende geben will.
Ich habe gesagt: »Nein!« Und zwar, weil die beiden so furchtbar aufdringlich waren, wie so früher die Juden dargestellt wurden.
Ich sagte: »Nein!«
Und da war aber was los! Da haben sie mich beschimpft, ich wär ein Nazi, und ich müßte an die Wand gestellt werden.

Fabrikant

KZler? Da gab's – wie überall – so'ne und so'ne. Manche kamen still wieder und ordneten sich ein. Schön, eine Rente werden sie gekriegt haben, aber, die waren eben froh, daß sie das hinter sich hatten.
Andere rissen die Fresse auf, wo sie nur konnten, dicke, vollgefressene Kerle. Die hat der Russe gleich eingesetzt als Bürgermeister und Chefs. Aber die haben sich nicht lange gehalten, die stolperten dann irgendwie.
Durch dies unbescheidene Auftreten haben sich viele KZler alles verdorben. Die hielten sich für was Besseres.

Landwirt

Ich hab' im Herbst 45 jemand getroffen auf'm Bahnhof, der löffelte wie ich die Wassersuppe, und am Handgelenk hatte er ein Armband, da stand »Mauthausen« drauf. Ich hab' ihn gefragt: »Was war das für 'ne Einheit?« – Der hätt' mir bald 'n paar gescheuert.

Studienrat

Man behauptet immer, *sämtliche* Juden sind umgebracht worden. Das stimmt gar nicht. 1947 kam ich nach Belsen, da lebten immer noch jüdische Familien in den Baracken. Die Leute haben mir ihre Bildchen gezeigt, von ihren Angehörigen, die alle tot waren. Es war erschütternd, und ich war echt traurig. Aber diese Juden da sahen ganz gut aus. Das war ja aber auch nach dem Krieg.

Hausfrau

Wir hatten in der Klasse sechs Jüdinnen, Zahnarzt war der eine Vater, so was, begüterte Leute waren das. Von der einen weiß ich noch, daß sie heute in Amerika lebt und eine andere in Australien. Auf dem Klassentreffen hab' ich das gehört. Aber die anderen, nee.

Hausfrau 1909

Mein Vater war Nationalsozialist, deshalb haben wir nichts gehört. Mein Vater hätt's nicht geglaubt – also von daher. Eben nach dem Krieg, da wurden dann die Schulkameraden abgeholt, und das war dann ja auch KZ.

Angestellter

Man muß ja denken, daß es in Deutschland ein Übermaß an Sadisten gibt, wenn man hört, was alles passiert ist.

Beamter

Mein Sohn war jetzt als Austauschschüler ein Jahr in Amerika. Das ist mir sehr schwer geworden. Ich habe manchmal dran denken müssen, im Krieg, wie den Eltern wohl zumute gewesen ist, wenn ihre Jungen an die Front fuhren.
Oder im KZ, wenn einem das Kind weggenommen wird, und man sieht es nie wieder.

Frau

Wenn heute noch Leute sitzen, die sich an den Juden vergangen haben, dann halte ich das für verfehlt. Dreißig Jahre danach noch Leute sitzen zu lassen . . . Ich weiß ja nicht.

Taxifahrer

Daß ich nie die Möglichkeit gesucht habe, nachzufragen und mich zu erkundigen . . . das hab' ich nach 1945 als persönliche Schuld empfunden.

Hausfrau 1925

Bei uns in der Geschichtsstunde hat der Lehrer mal geheult. Er hat vorgelesen, wie die Juden in die Gaskammern kamen, da vergast wurden und noch nach dem Tode alle aufrecht standen, so nackend, ineinander verkrampft. Und als er das vorgelesen hat, da hat er geweint, konnte nicht weiterlesen. Da hab' ich mir das Buch genommen und weitergelesen und habe auch geheult.
Und die andern saßen völlig starr da.

Schülerin 1955

Ich denke manchmal, es hätte eine feurige Faust aus dem Himmel fahren müssen, auf uns Deutsche, und uns zermalmen müssen. Das hätte mich nicht gewundert.

Händler

Nachwort

Die »Deutschen Antworten«, die Walter Kempowski auf seine Frage »Haben Sie davon gewußt?« erhalten und aufgezeichnet hat, sind so etwas wie ein Archiv – man kann darin nachschlagen, nachlesen, sich dabei an die Rolle erinnern, die wir, mit Wirkung bis heute, in den nationalsozialistischen Zeitgeschichtsjahren auf uns genommen, uns haben zumuten, haben auferlegen lassen.

Leider gehört das Schlußkapitel dazu: »Die hielten sich für was Besseres«. Es ist nicht der wesentliche Teil, er deutet jedoch den Grund an, dessentwegen die Aussagen veröffentlicht werden: diese Vergangenheit ist noch immer nicht verarbeitet. In zweifacher Weise macht sie uns nach wie vor zu schaffen. Versucht man, sich ins klare über sie zu kommen, unsere Beteiligung, unser Mittun, unsere Hinnahme verständlich zu machen, zu erklären, allenfalls zu rechtfertigen, so tritt, um das Szenario von damals nicht so finster erscheinen zu lassen, wie es noch an seinen angestrahltesten Stellen tatsächlich war, die hilflose – oder verstockte – Meinung zutage, die grausige Unmenschlichkeit des Nationalsozialismus sei nicht sein wirklicher, sein wahrer Kern gewesen. Zumindest, und das ist die zweite »Entschuldigung«, hätten mit seiner »Entartung« wir selbst nichts oder nicht eigentlich zu tun.

Wenn ich »wir« sage und von »uns« spreche, so sind natürlich nur die dazuzuzählen, die vor der Mitte der zwanziger Jahre geboren sind, die heute mehr als Fünfzigjährigen. Das ist weniger als die Hälfte der Bevölkerung der Bundesrepublik. Jedes Jahr werden es weniger. Die anderen waren zu der Zeit, als der Weimarer parlamentarisch-demokratische Rechtsstaat seinen Feinden erlag, und nachher noch Kinder oder sie waren überhaupt noch nicht auf der Welt. Für sie wäre das Unheil, das sich 1933 zwischen »Maas und Memel, Etsch und Belt« mit imperialistischer Expansionstendenz etablierte und sodann in kürzester Frist mit Folgen in allen Erdteilen Europa überzog, nichts als ein nationalistisches Lehrstück. Aussagen wie die hier vorliegenden haben darin ihren politisch-psychologischen Wert, man kann daraus lernen. Der theoretische Geschichtsunterricht genügt jedoch nicht. Mit der Frage, warum und wie die Eltern und Älteren in den Nationalsozialismus verstrickt waren, sich selbst in ihn verstrickt haben mögen, müssen die Nachfahren, die nicht selbst »mit dabeigewesen« sein konnten, gründlicher sich befassen: denn rings um Deutschland und darüber hinaus leben Millionen von Angehörigen derer, die der nationalsozialistische Terror unterdrückt, ausgebeutet, verjagt, verschleppt und getötet hat, Millionen, die ihrerseits, auch wenn sie versöhnungsbereit sind, nicht einfach vergessen können, was war. Ängstlich oder mißtrauisch, jedenfalls aufmerksam beobachten sie, welche Übereinstimmungen und welche Unterschiede zwischen den Deutschen von damals und den jüngeren, den jungen Deutschen von heute bestehen. Die Erklärungsgründe, die die einen für die anderen vorbringen, müssen verstehbar sein.

Die Kenntnis, die »das Archiv« vermittelt, hat somit Verständnis- und Verständigungswert.

Mehr als drei Jahrzehnte nach dem Ende des NS-Regimes sollte im übrigen, inmitten der neuen Weltverhältnisse, die für die Deutschen in der Bundesrepublik wahrlich nicht belastend sind, die Distanz zu ihm groß genug sein, allen den

Mut zu ermöglichen, das, was war, wie es war, kritisch zur Kenntnis zu nehmen, damit es sich niemals so oder ähnlich wiederholen kann.

Die gesammelten Aussagen sind in einem Punkt allesamt gleich aufschlußreich: daß es außerordentlich schwierig, ja in der Regel unmöglich ist, in modernen Diktaturen, wenn man ihnen nicht rechtzeitig und von Anfang an kollektiv und individuell widersteht, sich der Mitverantwortung zu entziehen. Art und Grad der Mitschuld sind verschieden, häufig genug besteht sie aus – begründbaren – Unterlassungen dessen, was erforderlich wäre; sie ist bei den Nichtaktivisten der Unrechtsregime nur selten nicht eingebettet in zumindest versuchte »Ausgleichstaten« und in ein mehr oder minder schlechtes Gewissen.

Viele von denen, die sich in den »Deutschen Antworten« äußern, sind indes offensichtlich naiv geblieben – außerstande anscheinend, selbst jetzt die richtigen Konsequenzen zu ziehen. Manchmal kennzeichnen saloppe Obenhin-Redensarten, einige erschreckend, die bestehengebliebene Unaufgeklärtheit. Alle Kapitel des Buches zusammen müßten da zur Abhilfe beitragen können.

Fest steht unbezweifelbar: Es hat von 1933 bis 1945 trotz der Geheimhaltungs-, der Lügen-, Propaganda- und Unterdrückungspolitik der Nationalsozialisten so gut wie niemanden, nahezu niemanden welcher Gesellschaftsschicht immer, im Deutschen Reich gegeben, der nicht in irgendeinem Punkt vom Unrechts- und Willkürcharakter des NS-Regimes, ja von seiner Unmenschlichkeit gewußt oder erfahren hätte: von den Gewalttaten der SA, der Herrschaft der SS und der Geheimen Staatspolizei, vom Spitzel- und Denunziationssystem, von der gesetzwidrigen Verhaftung vermeintlicher und tatsächlicher politischer Gegner, von ihrer Einlieferung in Konzentrationslager, von den Zuständen dort, von den Erschießungen am 30. Juni 1934, von den erzwungenen Gleichschaltungen, von der um sich greifenden Korruption der NSDAP-Funktionäre, von der Rassengesetzgebung, der »Kristallnacht«, den »Arisierungen«, der Isolierung, der diffamierenden Kennzeichnung, der Deportation und schließlich der »Liquidierung« der Juden – der Männer, der Frauen, der Kinder –, von der Expansions- und Kriegspolitik, der Behandlung der Fremdarbeiter aus dem Osten und der sowjetischen Kriegsgefangenen gegen alles Völkerrecht, von der Tötung der Geisteskranken, von der Schreckensherrschaft in den besetzten Gebieten ... Dies und jenes erlebte man selbst, anderes hörte man von Bekannten oder Soldaten oder auch durch ausländische Sender, vieles war die im Dritten Reich offiziell vertretene Politik.

Die Wahrheit zu verdrängen, hatte man ungezählte Entschuldigungen – zugunsten des Regimes und für sich selbst. Den Versailler Vertrag, die Weltwirtschaftskrise, die Arbeitsbeschaffung, die Notwendigkeit von »Gesetz und Ordnung«; daß es sich bei den offenkundigen Untaten nur um »revolutionäre Auswüchse« und »vorübergehende Entgleisungen« handle; die moralische Rechtfertigung, ja Legalisierung durch den Reichspräsidenten von Hindenburg; daß nicht wahr sein könne, was »die Gegner behaupteten«, denn »Deutsche tun so etwas nicht«, in den »Konzertlagern« erfolge lediglich die Umerziehung von Kriminellen und Arbeitsscheuen, allenfalls von Kommunisten; Mißstände und Verfehlungen seien außerdem »dem Führer nicht bekannt«, wüßte er davon, so würden sie sofort abgestellt; selbst müsse man in jedem Fall »seine Pflicht tun«; im Krieg dürfe man nicht gegen das eigene Vaterland sein; die Juden würden ja nur »in den Osten ausgesiedelt«; was könne man schon als »kleines Rad am Wagen« ausrichten; es sei besser, nicht alles und jedes zu bemerken; schließlich habe man das Recht, auch auf die eigene Karriere zu achten; die Familie dürfe man nicht wegen geschehenden Unrechts, das einen nicht direkt angehe, gefährden; Politik und Geschichte seien »nun einmal so« ...

Es gibt vielerlei Erklärungen für das Verhalten der meisten Deutschen unter der nationalsozialistischen Herrschaft, und ganz und gar nicht alle Motive waren unehrenhaft. Verglichen mit anderen Völkern aus anderen Bereichen der Geschichte und der Zivilisationen sind wir auch nicht die einzige Ausnahme. Viele kleine und große, heroische Beispiele des Widerstands sind im übrigen bekannt.
Was aus den Erfahrungen, auf die die Aussagen hier sich beziehen, abgeleitet werden kann, ist die Erkenntnis der Möglichkeit für jetzt und immer, sich unter allen Umständen, sofern man die Wahrheit, die sich uns auf mannigfache Weise bemerkbar macht, nicht verdrängt, nicht abweist, sich ihr nicht entzieht, die Gesinnung der Freiheit und der Würde des Menschen zu bewahren. Aus ihr erwächst gegen anhaltend-schweres Unrecht der Widerstand im Maße des jeweils Möglichen – am besten bereits vorausschauend in den Anfängen, also schon innerhalb der Rechtsstaatlichkeit, deren Mißachtung oder Verletzung, um ihr entgegentreten zu können, zur Kenntnis gebracht und zur Kenntnis genommen werden muß, damit nicht wieder eines Tages die Antwort zu erfolgen braucht: »Davon haben wir nichts gewußt!« Aus der erlebten Unmenschlichkeit erhebt sich die Menschlichkeit als das universal gültige Regierungsprinzip.

Eugen Kogon